JN188991

気まぐれなペン

「アリゼ」船便り

以倉紘平
Ikura Kōhei

編集工房ノア

『気まぐれなペン――「アリゼ」船便り』　目次

I

III

IV

装画作品　伊藤尚子
装幀　森本良成

I

「アリゼ」創刊にあたって

一九八七年九月創刊

このたび「アリゼ」という名の詩誌を創刊することにした。アリゼは、貿易風という意の仏名である。古来、大阪は貿易港でもあったから、土地柄もふくめている。赤道下を吹く風に乗って、世界の国々と交易する帆船のイメージが、当然ながら重なっている。

未知の島の静かな入江に碇泊して積荷をおろす。詩人たちとの交易がはじまる。詩を書く喜びといい詩にめぐりあえる喜び。それがすべてである。俗なるものはこの船といっさい無縁だ。私たちがめざさなければならないのは詩の〈成熟〉である。船は、航海の長い時間、私たちのポエジーを育み、〈成熟〉に必要な静けさときびしさを提供してくれるだろう。

よき作品を携えて帰国できるのはいつの日か。乗船の銅鑼が鳴っている。いい風が吹いている。出帆にあたって皆様に心から御挨拶申し上げる。今後とも何卒よろしく。

一九八七年九月

＊

アリゼ創刊にあたり、寄稿を快諾して下さった嵯峨信之氏、大野新氏、角田清文氏に、心からお礼を申し上げたい。最近こんなに嬉しく思ったことはなかったという一同人の言葉が、我々の心情のすべてを言いつくしている。御厚情に感謝する。

なお、この詩誌の作品の配列は、アイウエオの氏名の逆順で、毎号、季節の星座のごとく順送りに上っていく仕組みになっている。けれども長い航海だから、別の星座をみたくなることもあるだろう。その時は、また考えたい。

（「アリゼ」１号／１９８７・９）

「アリゼ」の船出

アリゼの船出を実にたくさんの方々が祝って下さった。書くべきお礼状を忙事にかまけて失礼しているが、御好意は決して忘れない。遅ればせながらここに感謝申し上げる。創刊号合評会は十月十日、御寄稿頂いた嵯峨信之氏、大野新氏の他、二号寄稿者の斎藤直巳氏を迎えて、新大阪駅近くのガーデン・パレスでおこなった。知的で新鮮で、きわめて充実した会となった。この日の体験は、いつまでも同人の心に残るだろう。

アリゼに集まった詩友は、生活第一、芸術第二と考えている〈常識〉人である。少しおこがましい言い方になるが〈良識〉家といってもよい。私はおのが人生を、職場や家庭で懸命に生きてきた人間を信用する。これは、詩を書く詩人に対して、書かざる詩人というその言い方によって規定できる人物や人生の湛えているポエジーが、書かれた詩作品より深く私自身をとらえることがあるという事実とかかわっている。私はモノいわぬ夜学生や謙抑な職場の先輩たちにそれを感じることがしばしばであった。人間は生まれて死ぬまで、束の間の時間をこの地上で過ごさねばならぬ。各人に与えられた限られた時間、くりかえしのきかぬ〈旅〉をいかに〈享楽〉するか。これは快楽主義とも芸術第一主義とも無縁の思想である。書かれるべき真正なる詩は、そのような人生の〈旅〉を深く経験するところに生まれると信じる。

合評会当日嵯峨信之氏から学んだ詩を引いて羅針盤としたい。

〈いくたびとなく、たびをかさねて／人はねむり、肉体により、めざめさせられる／ついで、ひとたび、ただひとたび／人はねむり、肉体をうしなう〉（ルネ・シャール）

〈旅が美しいのは、それが戻ることのない旅で、別の太陽が日々のぼる旅であるときだけ。お前のリュックを背負え。ぼくらは出かける。ぼくらは離れるのだ。パロスデームを、陸地と生を、また死んだ女をも〉（ジャック・オーディベルティ）

（2号／1987・11）

朝へのあこがれ

仕事の性質上、早起きには縁がない。そのせいか、朝に対するあこがれは非常に強い。特に、春から初夏にかけての一日、五時前におきて、散歩をしたり、釣りに出かけたりといった生活に私はこの上もなくあこがれる。息子と釣り道具をもって近くの武庫川の堤防を自転車で走る。二筋の白い風が海への道を流れていく。なんとさわやかだろうと思う。けれどもそんな一日は一度たりとも実現していない。毎日、すれちがいの生活で子供たちには、謝る他ない。別に魚釣りでなくてもよいのだ。家の近辺をゆっくり散歩して、水辺の小さな生物や庭の蟻の生態などながめて時を過ごすのもいいだろう。六時ごろにはひと息いれて、コーヒーでものむか。テーブルの胡椒や楊枝入れの容器のかげが細く長い。朝の光が窓べにあふれてまぶしいくらいだ。朝食までにはまだ一時間もある。すがすがしい風を入れて、早朝の読書もよいだろう。手紙を書くのも新鮮だろう。今年こそはという思いを繰り返して二十年がたった。また新緑の季節がやってくる。万葉集の絶品〈暁と夜烏鳴けどこの山上の木末の上はいまだ静けし〉の歌を思い出す季節だ。

（4号／1988・3）

ぼくにとっての「夜学生」

あと夜学に何年勤めることができるだろう。今年、建築科の入学生は十名だった。こういうことがあと一年つづくと建築科は電気科と合併になる。専門教科の授業はおこなわれるが、普通科の国語だとか、数学だとかは合併授業になるので、教師が余ってくる。これも時代の流れだから仕方がないが、夜学生との別れの時が確実に近づきつつあるのだ。

それにつけても最近しきりに思うのは、ぼくにとって〈夜学生〉とは何であったのかという問いだ。今、これに充分に答えることは、もちろんできないが、とにかくぼくに欠如していたもののほとんどすべてを所有していた人間であったことはたしかだ。

彼等は十五・六歳の時から自ら働き、稼いだ金を家計に入れることを当然と心得ている。

このことに対する不平不満の類いをぼくは一度も聞いたことがない。若くして、すでに〈家長〉の自覚をもっているのだ。しかもこの若き〈家長〉たちの、謙抑で、無欲で、何と忍耐強いことであろう。一か二の仕事をして、十も二十もしたといいふらす人種に比べて、彼等はまったく正反対だ。また、おのれを茶化して客観視する自己批判の能力にぼくはたえず魅了された。それに、平均して彼等は大変親孝行であった。こういう彼等の像を、大衆の〈原像〉だとしたら、ぼくの二十数年は、真の〈大衆〉への出会いの旅であったといえる。ぼくにとって、これほど意味深い旅はなかった。

（5号／1988・5）

長兄の入隊

長兄は昭和二十年の五月八日に特別甲種幹部候補生として熊本県の西部軍教育隊に入隊したそうだ。熊本迄、父が同行したという話に私は妙に興味をそそられた。当日の朝、郷里（大阪府南河内郡磯長村）で壮行会があり、昼頃の出発になったそうだが、父は天王寺駅で水筒と上着を忘れかけたそうだ。満員の列車で、兄の前に座った父は、ほとんど無言であったという。父はその時五十二歳で、村長であった。下関を通過して熊本迄、車中泊の旅であったと思うが、父はどんな思いでいたのだろう。幼かった私は、父のいない夜があったことを記憶していない。ただ普段と違っていた母の顔やしぐさの記憶だけがうっすら残っている。要するに大変な時代であったのだ。育てた息子を戦場に送りだす親の気持が、私もようやくわかる年齢になった。すでに当時の母の年を越え、父の年齢に近づきつつある。母や兄の戦争体験を聞いておきたいという思いがしきりにする。

（6号／1988・7）

蕪村〈十宜図〉

猛暑の耐えがたい折、私はしばしば蕪村〈十宜図〉をながめる。特にその〈宜夏〉は好みだ。緑樹の茂みに囲まれた小家に片肌ぬいだ男がくつろいでいる。緑陰をゆったりと川も流れている。ただし、この画の家はあまりに小さい。南画の思想が、俗なる生活空間を粗末に扱った結果だろう。家はもっともっと大きく描かれるべきだ。

私の好みの家は、屋根はあっても四方に囲いのない開放的な高床式の空間をまずひとつ持っている。床に頑丈な机と椅子。枝ぶりの良い大樹に囲まれ、緑風がたえまない。奥まった所には、壁と窓をもつ部屋もいくつかある。濃い緑の茂みにひそんでいる生命力が、これらの家屋全体を覆っている感じだ。ある時、〈クーラーがなくてもすき焼きができるほど涼しい〉と言ったら、奄美大島出身のT君が、ぼくの家には大きなガジュマルの木があるといって、その見取図を書いてくれた。夕べにはその下でバーベキューパーティもするという。さぞビールもうまかろう。蕪村の〈宜夏〉と並べて楽しんでいる。

（13号／1989・9）

ゴールデンウィーク

ゴールデンウィークも例年通りだらだら過ごしたが、育ちざかりの子供たちに変化があったのには驚いた。いや安心したというのが正直な気持だ。中学二年の息子が、午前四時半に起床して友だちと釣りに行った。熱湯を入れたポット、カップラーメン、チョコレートだのを持って。（それを武庫川の川岸で食べたそうだ。）こんな朝が二回あったので、物音に敏感なぼくは寝不足で迷惑した。が、有言不実行の、釣り願望の父親に見切りをつけた点は買ってやれる。

高一の娘は五月三日に文化祭があった。演劇部員として〈最後の舞台〉だというので娘の通う女子学園に行った。家内の説では、娘は交際下手だそうだ。小学生の頃から、その心配ばかり聞かされてきた気がする。ところが、練習で娘不在の四月のある日曜日、娘の通う学校の制服を着た中学生が二人訪ねてきて家内を相手に喋っている。寝床で聞いているると、くったくのない声でしきりに〈いくらせんぱい〉という言葉を繰り返している。〈いくらせんぱいの下足箱を見に行って校内におられるかどうか確かめるの〉家内が娘に上履きを洗っておきなさいと注意していたのはこのことかと判る。〈上履きがまだあったかいと駅迄追っかけるの〉等と。そんなことがあったので、ぼくは娘の出演する劇を見る気になったのである。帰り道、子供は勝手に育っていると思うとおかしかった。

（17号／1990・7）

予知能力

朝食前、できるだけ近くの神社まで散歩するようにしている。年のせいで信仰心が芽ばえた訳ではない。境内の樟の大木が、見上げると入道雲のようで、気持がせいせいするから出かける。この神社には速須佐之男の命をお祀りしている外に、天満、金比羅、熊野等九社の小さな出張所がある。神域で、体操するだけでは、顔見知りの宮司さんに申し訳ない気がするので、ぼくはひとつひとつに柏手を打ってまわってる。

ところが、手を打つたびに思うのは、今日も小銭の用意を忘れたということだ。目の前に賽銭箱を見て気付くのである。経験からいうと、人間がごく自然に新しい行動をおこすには、相当の反復を要する。ぼくが大阪でごく自然に寄り道をするようになったのも半年ぐらいはかかった。夜学の勤務を終え、夜の十時過ぎに玄関に立つと、勉強嫌いの子供を叱る家内の声を耳にする。とても一杯やる気分ではない。それで明日は嵐を避けようと決める。

ところが、仕事に追われて万事忘れてしまうのである。やっと帰宅、やれやれと思って玄関に立つと竜巻が上ってる。しまったと後悔する。仕事する。忘れる。帰る。後悔する。を永久回帰しているうち、ある日、阪急梅田駅のホームで、ぼくは、自分に予知能力があることを知った。だから一人前の参拝人になるには、あとしばらくはかかろうというもの。

（18号／1990・7）

ドイツ語のStreber

「日本語にStreber（ストレーバー）に相当する詞がない。それは日本人がStreberを卑しむという思想を有していないからである」と、森鷗外は『当流比較語学』で指摘している。Streberとは努力家のことである。「抵抗を排して前進」し、努力する人のことである。しかるにドイツ語のStreberには「嘲ける」意があるという。生徒は努力すれば自然に高点を取る。しかし、高点を取りたいと心掛ける、その心掛けが主になると、人品卑しくなると鷗外は云う。学者が研究発表を重ね、芸術家がしきりに製作して、地位を得ようと骨を折る。ドイツ語では、こんな人物をStreberというのだそうだ。

「学問芸術で言えば、こんな人物は学問芸術のために学問芸術をするのではない。学問芸術を手段にしている。…いつ何どき魚を得て筌（うえ）（魚をとる道具）を忘れてしまうやら知れない。」なるほどと感心した。たしかに日本人は、この種の人物を卑しみ、嘲ける感情に欠けている。それどころか、この種の人物の威徳を慕うきらいさえある。

（19号／1990・9）

釜が崎暴動

大阪西成署の警察の不正事件に端を発した釜が崎暴動で、勤務校の正門前に止めてあったワゴン車が黒焦げになった。十月三日深夜の出来事だ。道路一つ隔てた、生徒たちの立寄るサン・チェーン店も商品を略奪された上、焼打ちされた。暴走族の仕業だそうだ。翌四日もなお情勢不穏だったので、授業は一時間で終わり。夜の七時過ぎに、全員体育館に集合して、安全な駅まで集団下校と決まった。周辺の五駅に偵察に出た教員からの報告で、地下鉄大国町駅、花園町駅、ＪＲ新今宮駅の順で安全とわかった（一駅は炎上、一駅は不穏であった）。

それで全校生に、三方面に別れて集合してもらうことにした。生徒の前後に教員を配置して駅まで引率する作戦である。生徒が暴走族、愉快犯として尋問、検束されぬための措置のつもりだ。ところがである。集合をかけたのに、ほとんどの生徒は集まらない。心配無用、いざとなれば先生の方が危ないで、と悪たれをついて、てんでに帰ってしまった。何のことはない、体育館では出席をとっただけだ。しばらく待機して、夜九時半頃、騒動の近くまで行ってみた。

「今夜は（警察が）（催涙）ガスを使いよるから近寄らん方がええ」と忠告してくれる労務者もいた。三日後に鎮静したが、抑止の原因は、外部から潜入した扇動者のいい気な言論と、暴走族の無謀さにある。釜（カマ）の労務者の行動と判断には、人間らしい味わいがあるものである。

（20号／1990・11）

阿部昭、開高健、井上靖

ここ二年間に、阿部昭、開高健、井上靖と好きな作家が相次いで亡くなった。現存作家の作品として親しんできた書物も、改めて机に広げてみると、なぜか確固とした、揺ぎない精神のかたちとして、そこにあるように感じられる。

〈暖とって犬涙ぐむ囲炉裏ばた〉ルナール『博物誌』小解のこんなペーソスとユーモアが阿部文学の真骨頂であった。〈父親の死こそは、息子への最大の贈り物だ。〉こういう冷厳かつ厳粛な認識に、ぼくは徹底的に魅了された。

開高健氏の文体の猥雑と豊饒は、大阪的というか、風土的認識で言えばモンスーン的であって、ぼくはその文体にひそかな憧れを抱いていた。〈深さは純粋よりも混濁の手助けがいる〉『夏の闇』のこんな意のセリフが忘れられない。

井上靖氏は、何といってもあの散文詩が魅力であった。時間と空間、歴史と文化を自在に踏まえた人生観、物語精神、抒情性、わかりやすさ、そのどれをとっても教えられた。〈人生への愛情がかつてない純粋無比の清冽さで襲つてきたからだ〉と書かれた処女詩集『北国』の冒頭詩（「人生」）結句に発する全詩業の詩魂の清冽さに改めて感動する。最後の詩集『星欄干』の、ただならぬ気迫に死を予感したが、不幸にして的中した。

目下のところ、この三人の作家の小説を読んでいる。喪に服しているような心境である。

（22号／1991・3）

眼鏡

〈湾岸戦争〉の衛星放送を朝から寝床で見たりしたせいか、春休みから、眼鏡の世話になっている。最初の抵抗は嘘のようで、掛け出すと、書物の活字も、原稿のインクの色も鮮やかだ。家人に返事をする時も、心なしか威厳がこもる。書棚の書物をとる時なども、少々猫背で、新劇の舞台にでも立っている気持だ。昔、ぼくのおやじは、子供のぼくの前で、差出した通知簿を、眼鏡を取出して、おもむろに眺め、――遊びにとび出したいぼくは、早く、早くと間遠に感じたものだったが――見終わると、やおら眼鏡をはずし、言葉少なに、訓戒を述べるのであった。子供心に、悠然と感じられそれが父親という大人の所有する時間だと思ったものだ。あの間合いが、生理的に身につく年齢にぼくも到達しているはずだと思うと感慨もわく。

職場でも、最初の頃、〈やあ〉〈こちらを向いて〉などと、云われた。老眼鏡族からは、特別に親しみのこもった笑顔で迎えられた。〈やっと君も、我々の世界の仲間入りができましたね。でも、まだ、まだひよこですよ。〉と云われているみたいで、新参者としては、少し照れて、神妙にならざるをえない。〈これからは、行ない澄ましますのでよろしく〉と言った心境になっている。これが〈老境〉の入口なら悪くはないものである。

（23号／1991・5）

兄の歌

〈逝きし娘は心の丈を言わざりき憶い空しく祥月は来ぬ〉
〈いそいそと肩もみくれしわが娘手のぬくもりを残してゆきぬ〉
〈逝きし娘は食膳の禱り長くしてあとは人より明るかりけり〉

父と姪の法事で、田舎に帰ったとき、兄が歌稿と鍋敷きをくれた。鍋敷きの方は、姪が生まれた時に植樹した栗の木で、最近枯れだしたから切ったという。中にはすが入っていた。これが枯れた原因かと思う。ぼくも霊前に詩を一篇ずつ置いてきた。（アリゼに書いた「遠い日」と「姪の生まれた日」という詩だ。）自宅に帰る電車の中で、ぼくはその兄の歌稿を読んだ。父の歌十二首、娘の歌四首が書かれてある。父の歌はこうだ。

〈ほろ酔えば父は夕餉に語りつぐ連れ子になりし遠き日のこと〉
〈酒好きの父はときどき嗚咽せりうれしき話子に聞かすとき〉

ぼくは詩の技倆を棚上げにしていえば、歌歴五年に過ぎない兄の歌の方が、はるかに法事の儀式にかなっている。現代詩は、挨拶代りに肉親に配るには気恥ずかしさがつきまとう。これは興味ある問題だと思った。

兄の歌は、在りし日の故人の姿をただひたすら追憶することに徹している。故人を彷彿とさせる。その写生の手法の背後に心は隠されている。思いは存在するが物に寄せてしか陳べられていない。これが伝統的な日本の歌の表現方法なのだろう。〈心〉を、個性を表に出すことを宿命づけられている現代詩は、その表現の毒によって、滅びないことを祈りたい。


（24号／1991・7）

セネカの『人生の短さについて』

セネカの『人生の短さについて』は、岩波の文庫本で、俗に星ひとつの短篇だが、内容は身につまされる。

〈自分の銭を分けてやりたがる者は見当らないが、生活となると誰も彼もが、なんと多くの人びとに分け与えていることか。財産を守ることには吝嗇（けち）であっても、時間を投げ捨てる段になると、貪欲であることか〉もちろん、私には守るべき財産も金もないが、浪費しつづけてきた時間のことを思うと胸がいたむ。自分の人生から、自分のために使った正味の時間がどれ位あったか。

詩人の天野忠氏は、〈これでまあ／七十年生きてきたわけやけど／ほんまに／生きたちゅう正身のとこは／十年ぐらいなもんやろか〉と問い、〈いやぁ／とてもそんだけはないやろなあ〉と言い、〈ぎりぎりしぼって／正身のとこ／三年……〉とうたっている。〈正身〉が呻いて、〈そんなに削るな〉と言いだすのも、もっともだ。（「新年の声」詩集『私有地』）

〈ワガ事オワリヌ。この世に生まれてなすべきことは一切私はやってしまった〉〈余生は私自身のものなのだ〉と五十歳で停年を迎えたチャールズ・ラムはその喜びを語っている。

夏の日が暮れていく。緑の谷。あまごを釣ったあとにきたスコール。虹。われは釣り人。清流の畔で泊まる。はや早朝の釣りに心は踊る。わが心に憂いなく、わが人生は緑なりき。ぼくの余生はそんなたわいもない夢で満ちている。これが〈正味〉かと思うと、われながら器量の小ささにあきれるが、知命を迎えた以上はあきらめる他はない。

（25号／1991・9）

夜学一年生の人気者

十七世紀のフランスにポルトレ（portrait）という文学の一ジャンルがあったそうだ。

夜学の一年生に、森本和典君という人気者がいる。丸顔で太っていて、人がよい。仕事も学校も無遅刻、無欠席。授業中の居眠りなど見たことがない。しかし、手偏の字の勉強後、答案に木へンや月へンが混じるところや、体育で、みなが右手を挙げている時に、左手が上ったりするところから判断すると、授業は苦手のようだ。が、彼を見ていると、枝葉末節より大切なのは根の方だと思わせられる。

めしも一生懸命食べる。鼻の頭に汗がのる。〈十月二十七日は、文化祭だ〉〈文化祭？〉〈舞台で歌ったり、屋台で食べ物を売る。うちのクラスでは焼きそばの店をやろうや〉〈焼きそばの店？〉〈そう、林のスーパーの肉がうまいから、それが目玉や〉〈目玉、何の？〉〈セールスポイントという意味やんけ〉誰かが言う。和君の会話は、園遊会の昭和天皇のようである。相手の話の最後の方の言葉を捉えて、〈文化祭は、どう〉という具合にやる。会話の帝王学を心得ている。

当日、ドン・森本の店という看板の屋台で焼きそばを焼いている。他の子も焼くが、顔中、汗して懸命に焼くのは和君(かず)である。しかも、母親の割烹着をつけている。保健の先生の指示を実行したのは彼だけである。誰かが休む間のない彼の汗をふいてやる。差し入れのジュースをうまそうに飲む。ぼくは、和君の背中にエンゼルの羽根があると思う。

(26号/1991・12)

長塚節『土』との縁

中学生の頃、私は「中学時代」と「中学コース」という雑誌の作文欄の投稿者であった。木曽節という大変上手な岡山の少年がいて、どの雑誌にも彼の文章はしばしば載った。一種の憧れから文通を申込んだが、返事はもらえなかった。彼の作文に〈襤褸をちぎっては投げたような雲〉という暗鬱な雲の描写がよく現れる。

本好きの兄に聞くと、それは長塚節の『土』の冒頭にあると教えられた。それで、私は初めて、鬼怒川べりの苛酷な農民の生活を克明に描いたこの小説の存在を知ったのである。たしかに〈泥をちぎって投げたような雲〉が西風に揺らぐ冬の防風林の上に拡っていた。

その後、大城富士男という選者の先生が木曽少年に手紙を出し、彼の家はランプの生活で、本を買う金がないから家にあった『土』を十八回も読んでいるというエピソードも紹介された。私はしかし、年頃になって娘が〈西洋〉に浮かれ出したら読ませたいと漱石も激賞したこの傑作を、根気が続かず途中で投げ出してしまったのである。未熟な中学生の私には、まだ読み通すだけの力がなかったのだ。これが今号の拙作（「少年の最後の言葉」詩集『地球の水辺』）の補足で、この欄に書くのは気がひけたが、『土』という作品の因縁を不思議に思うので書くことにした。

（27号／1999・1）

父親の孤独

めがねを使い始めて一年経過してみると、使用の回数も一段と頻繁になっていることに驚く。要するに、身体のあちこちでガタピシが起きているということだ。いや身体だけではない。人生全般に齟齬が生じているのである。職場でも、若い教師から敬遠気味の待遇を受けて、ふと、自分の人生がいつの間にかしっくりいかなくなっていることに気づかされる。なるほどと妙に感心する。遠い昔、私の父は、外出先から帰って、夕食を囲んでいると、突如、配膳をひっくり返して怒りだしたことがあった。

〈おまえたちは〉と、母に向かって父は言った。〈オレが親戚の○△へ行ってきたというのに、その話を聞きたくないのか…〉中学生の私は、なんて横暴で短気なんだろうぐらいにしか受けとめなかったが、その頃のおやじの年齢に達してみると、父親というものの孤独が実感としてわかるのである。妻や子が、一家のあるじの存在など、どこ吹く風、言いたい三昧であるのを見ると、腹の虫の居所によっては、食卓のひとつもひっくり返したくなろうというものだ。そして、家族のなかで、とっくに自分の居場所がなくなっていることに気づかされるのである。なるほど、ここでもそうであったのかと合点するわけだ。

あちこちに齟齬が生じ、人生の地肌がむきだしに見えてくるようである。どうやら、男の五十歳というのは、こういう人生の孤独や寂寥とやらをたっぷりと味わされる年齢であるらしい。

（28号／1992・3）

明治の文人

〈ご病気の方には、花よりふさわしいものがあるでしょうか。庭は、深い香りの白い花でいっぱいです。月下香、ジャスミン……そして「ハスノハナ」が素晴しい香りを家中にまき散らしています。でも、どうしようもありません。お送りすることも、あなたにとっておくこともできないのですから〉

天心岡倉覚三が、インド・ベンガルの女流詩人と〈愛の手紙〉を交換し合ったことは、「宝石の声なる人に」（大岡信編訳・平凡社）によって知られている。ブリヤンバダは、インドの神秘と大地の香りを湛えた美しい詩を添えて、天心に手紙を書いた。船便で送られてくる手紙は、ほぼ一カ月前の恋人の思いを伝えているといったもので、それはさながら地球外の星との交信の物語のようでもある。二人とも、テレパシーを信じるようになるのも無理はない。

ところで、この天心が、病床にあって、〈驚きこそが至福の秘密〉であると語っている。彼の魂は、時空を越えて、インドの陽光のそそぐ庭や、〈宝石の声なる人〉のもとに、花の香りのように漂ったと思われる。魂の営みほど不思議なものはあるまい。それは、悩める天心の唯一の慰籍であった。彼の恋は、アジアは一つという彼の理想のもっとも幸福な実現でもあった。

〈驚く〉ということについては、独歩もまた〈喫驚したいといふのが僕の願です〉と語っている。〈宇宙人生の秘儀〉に、ひたむきに真向かう力は、明治の文人の方にはるかにあった。

（29号／1992・5）

『武蔵野』

〈今より三年前の夏のことであった〉で始まる独歩の『武蔵野』第六章の夏の描写が好きである。〈郊外の夏〉の詩趣は、独歩によって、初めて日本の近代に登場した。

〈堤の上にも家鶏（にわとり）の群が幾組となく櫻の陰などに遊で居る。水上を遠く眺めると、一直線に流れてくる水道の末は銀粉を撒たやうな一種の陰影のうちに消え、間近くなるにつれてぎらぎら輝て矢の如く走てくる〉独歩は、恋人と武蔵野の一隅小金井の堤を散策し、生涯忘れることのできない一日を過ごしたことがあった。

〈身うちには健康がみちあふれている〉〈林といふ林、梢といふ梢、草葉の末に至るまでが、光と熱とに溶けて、まどろんで怠けて、うつら〳〵として酔て居る〉

衆知のように、名作『武蔵野』は、佐々城信子との愛の破局の後に生まれた。この作品の自然描写の行間には、したがって女の幻がつきまとっている。秋から冬にかけての落葉樹林の凄絶な美しさには、喪失に耐える魂の悲しみが、夏の日の光の美しさには、喪失を抱えた魂の夢とまどろみが隠されている。独歩は、武蔵野の範囲を規定して〈市の盡くる處〉即ち郊外を入れることを主張する。

郊外とは〈十二時のどんが微かに聞えて〉くるような距離をもつ場所である。〈一種の生活と一種の自然とを配合して一種の光景〉を呈している場所である。彼の描く〈夏の郊外〉とは、実現しなかった彼の理想の生活の幻であったとぼくは思う。（引用は原文ママ）

（30号／1992・7）

阿部昭から国木田独歩を読む

相変わらず阿部昭を読み、氏の独歩好きに導かれて国木田独歩を読んでいる。阿部さんの『短篇小説礼讃』に次のようなくだりがある。（『忘れえぬ人々』という作品は）「いわば何幅かの美しい絵みたいなものである……われわれは『みなこれこの生を天の一方地の一角に享（う）けて悠々たる行路をたどり、相携えて無窮の天に帰る者ではないか』という独歩の生涯のモチーフで一貫した絵、無辺際の空間に吸いこまれて行く、芥子粒のような人間がいる風景画である。――『忘れえぬ人々』は、主人公のメッセージにそむかず、読む者に人がこの世にあることの不思議をしみじみと感じさせる。」独歩の『悪魔』という短篇には「父あり、母あり、妻あり、彼等は朝な朝な起き出て野に耕し、又は團居（まどい）して談笑す」「これ我には大いなる謎なるかな、哀しき謎なるかな」とある。独歩には「宇宙人生の秘儀」や「時の不思議なる謎」という言葉迄あって、第二詩集を『日の謎』にしようとも考えた私には驚きであった。

実は昨年第三詩集『地球の水辺』を出した。そこに〈あとがきに代えて――阿部昭氏のこと〉という栞をはさむつもりでいた。生前の氏の御厚情に対し、この詩集をまっさきに届けたい気持がしていたからである。栞はできた。だが、文章が気にいらず、結局は誰にも送っていない。しかし、独歩から阿部昭につながるポエジーを大切にしたい気持だけはここに記しておきたいと思う。

（33号／1993・1）

作詞の仕事

もう三十年も昔、神戸大学の国文科の期限付き助手をしていた頃、教育学部・音楽科の講師（現在教授）で、作曲家の中村茂隆氏が、学内の雑誌に載った私の詩を読んで、コンビで、作詞・作曲の仕事をしないかと誘って下さった。聴衆を相手の仕事なので、私は大いに奮いたった。しかも、校歌を作詞したりすると、当時の初任給ぐらいの稿料が入ったのである。

全日本合唱連盟主催、一九六四年度、合唱コンクール課題曲「小さな街が流れてきた」、中村茂隆・三部作「小さな街が流れてきた」「二月のテーブル」「燃え上れ、やさしい海よ」等は、その時できた。

できなかったのは『平家物語』の作詞で、氏は、関学のグリークラブの海外公演に使うからと、激励されたが果たせなかった。

もう一つ、NHK主催の合唱曲集の仕事で〈道〉をテーマに書けと依頼され、長詩「訪れ」（『二月のテーブル』収録）を仕上げた。中村氏も作曲意欲満々だったが、〈新聞配達の少年の通る道〉等の注文の内容がない等とクレームがついた。そういう注文を適当にこなす技術も気持も私にはなかったので、氏に申し出て、作詞の仕事にピリオドを打った。まだ、二十三、四歳の頃である。

しかし、この時の経験で、聴衆が耳で聞いてわかる詩を書く癖が自然にできた。入場料を払って、合唱を聞きにくる人たちがわけのわからぬ歌詞を聞かされたら不快であろう。一人のひとにわかってもらえれば満足です等と云った現代詩人のひとりよがりな、甘えた考えは捨てるべきだ。

（36号／1993・7）

阿部家の墓

阿部昭氏の家の墓がどこにあるのかは、「子供の墓」という短篇で、知っていた。その小説には、英国の詞華集、十七世紀・抒情詩人の、

ここにやすんでいるのは
生まれるとすぐまた眠りについた子ども
この子に花を撒いてやって下さい
けれどこの子の上にある
土は踏みつけないようにして
（「死んだ子どもの墓碑銘」）

が阿部訳で引用されていて、好きな作品である。

藤沢市辻堂東海岸でひろった土地のタクシーに、この辺で〈尼寺〉と呼ばれているお寺がありますかと聞くと、二つめのタクシーが所在地を知っていた。〈本真寺〉という尼寺は、江の島電鉄の本鵠沼（くげぬま）駅の近くにあった。小説から受けた印象よりは小さな寺で、半囲いの塀の外にも墓地があり、私は線路にそった中ほどの、線路ぎわから三つ目の墓石に

〈阿部家の墓〉と書かれた文字を見つけた。

〈崇徳院昭誉文学居士〉と書かれた卒塔婆が竹囲いにもたせかけてある。それが阿部さんの戒名であると知れた。阿部さんは〈江の電〉の走る線路わきに眠っているのだった。私は墓参用の手桶を借りて水をかけながら、通過する電車の音に、少しやかましいのではと心配した。しかし、湘南の土地に深く繋縛されたこの作家には、江の島行きの電車の音は、子守り唄のようでいいのかも知れないと思い直した。晩夏、主のいない阿部さんの自宅近く、辻堂東海岸は、砂まじりの波が高く、私は、小半日、さまよい歩いた。風景のあちこちに阿部昭氏を感じた。


（37号／1993・9）

夜学生の変質

馬齢を重ねるにつれ、何ごともリアルに見るようになるのはいたしかたない。大人たちのやることは、今さら驚きもしない。まあ、そんなところだろうと思っている。

しかし、まる二十八年かかわった夜学生の変質については、達観するわけにはいかぬ。

旧年も同人会で、次の詩集のテーマについて、〈生徒たちの問題〉と思わず口をすべらせたが、不登校生徒から、〈しらけ〉生徒に至るまで、この精神のありようを表現しようとすると、大きな困難に直面する。詩にならないのだ。〈真面目〉〈努力〉〈しらけ〉等々、詩語として、使用可能なのだろうか。また、詩が成立したとして、その詩は、散文とは一線を画するポエジーを持つものかどうか。

詩を盛る容器の問題とは別に、容器の内容の方は、不気味なほど、目の前に日々、姿を現してくる。

私は、過去、それぞれ、60年代、70年代、80年代、そして現在と、学級担任の経験が四回ある。四年間の持ち上りだが、世代が下るにつれ、クラスの状況は悪化している。

クラスのリーダー格が小粒になり、現在は、誰もいない。学級委員は、一番嫌な役で、弱者に押しつける傾向がある。皆勤者は、一部の生徒から笑われる。欠席者には、冷淡。退学者が出ると、ほくそ笑む感じだ。〈真面目〉の喪失、他者への無関心。日本の若者の心に、地すべりが起きていることは確かだ。日本沈没の予兆だろうか。

（39号／1994・1）

私の夏

同人の丸山創氏、『死へのアプローチ』『病い覚え書き』の出版記念会を、七月九日、大阪上六の高津ガーデンでおこなった。七十名を越える出席者があり、盛会であった。

丸山氏は、環境衛生を専門とし、各地の保健所の所長を歴任されてきた。医師を職業とする詩人のヒューマニズムと冷徹な目の光る詩集で、参会者の評判もきわめてよかった。

数年ぶりにお会いした金時鐘氏の、〈何に依拠して詩を書くか、日本の詩人は、たいていあいまいだが、丸山氏の作品は、信用がおける〉という意味の言葉が、私には、一番、印象的であった。

今年の夏は、特別に暑い。例年、夏至の頃は、心のなかが、ひそかに昂揚するのだが、蒸し暑くて、それどころではなかった。早起きはおろか、夏の朝を想像して、心ときめくこともなかった。無感動な状態とは、かくも世界から奥行きを奪うものかと、妙なところに感心した。

昔、小学校に上がる前、夏になると、遠方から従兄弟たちが、やってきた。電車を乗り継ぎ、最寄りの駅（上の太子駅）から歩いて、家の裏の竹やぶの斜面をかけ下りてくるのである。田舎の家は、急に、にぎやかになり、私は、従兄弟たちの後を追って、夏野や溪流を遊びまわった。彼等が帰ると、私の夏も終わった。ひっそりと静まりかえった田舎の家で、私は、初めて、云いようのない寂しさを経験した。哀しみの感情を知った、瑞々しく、豊かな時代であった。

（42号／1994・7）

近所の小学校

娘や息子の卒業した近所の小学校に始業式を見に行った。目覚ましをセットして、前の晩から楽しみにしていた。と云うのも、近くの文房具屋に行ったとき、偶然、終業式を見たからである。全校生が整列していて、各自が、自分の夏の旅にむかって出かけて行くような、どことなく、いそいそとした、うきうきとした気配がした。さて、休み明けの子供たちは、どんな旅を楽しんだだろう、見て分かる訳ではないが、一寸、覗いてみたくて、散歩がてら出かけた。

整列係の女の先生が、みごとな指揮で、生徒たちを集合させる。整列する〈クラスの位置を覚えているかな〉から始まって、〈静かになったクラスから座りましょう〉と云う魔法の一言で、六年生を残して、ざわめきの波がおさまる。六年生は、もう一筋縄ではいかぬらしい。〈二学期はどんな行事があるでしょう〉という問いに手を挙げて答える子がいる。そのうち、先生が〈いい夏休みを送れた人〉とおっしゃる。上級生にはさまれている一、二年生の反応が一番早く、やがて、全校生の手がたくさん挙がったのを見て、嬉しかった。

彼等の小さな身体に、海の波や、山の夜明けの光や、田舎のおばあちゃんの人情が住みついている訳だ。校長先生の訓辞のあとは、十四名の転校生の紹介である。クラスの代表が迎えに来て、所属クラスの列に案内する。転校生は、まだどこかの町の匂いを残しているだろう。小学校には、いつも小さなドラマが詰っている。

（43号／1994・9）

見ていないものを見させること

柄谷行人氏の『日本近代文学の起源』に、シクロフスキーのリアリズム論の解説がある。〈シクロフスキーは、リアリズムの本質は非親和化にあるという。つまり、見なれているために実は見ていないものを見させることである。したがって、リアリズムに一定の方法はない。それは、親和的なものをつねに非親和化しつづけるたえまない過程にほかならない…〉

志賀直哉の「濠端の住まい」に、猫に殺(や)られた鶏の描写がある。〈殺された母雞(おやどり)の肉は大工夫婦のその日の菜になった。そしてそのぶつぎりにされた頬の赤い首は、それだけで庭へほうり出されてあった。半開きの眼をして、軽く嘴を開いた首は恨みを呑んでいるように見えた。雛らは恐る恐るそれに集まるが、それを自分たちの母雞の首と思っているようには見えなかった。ある雛は断り口の柘榴のように開いた肉を啄んだ。首は啄まれる度、砂の上で向きを変えた〉

次いで大野新氏の「陰画」である。〈死んだ叔母とそっくりの女は／米袋をかかえてで

てきたが／死を抱きあげる顔だった／かた足をあげたまま頸だけめぐらす鶏のまわりを／螢がとんでいた〉

〈首は啄まれる度、砂の上で向きを変えた〉という事実に下降する散文のリアリズムと喩あるいは象徴へ上昇する詩のリアリズム。共通しているのは、〈非親和化〉の衝撃である。

（44号／1994・11）

地震の日

地震の日は、偶然が味方した。書斎兼寝室にねていたら、書物・調度品の山に埋れてどうなっていたか。偶然が幸いして、生かされたのだと思った。嬉しかった。

が、たくさんの人が死んだ。しばらくして、私は、この〈偶然〉というまことにやっかいな観念にさいなまれることになった。人間の生死は、偶然によって左右されている。この実感は、心身にこたえた。料理をする。食べる。団らんする。着飾る。といった生活の文化がとんでしまった。私のみならず阪神間の家庭は、みな一様だろう。ざらざらして、なにごとにも虚脱感がある。

中世の求道者が直面したのは、ある意味でこういう虚無感、無常感の克服であったのだろう。この世を無常迅速と認識し、〈さだめなきこそいみじけれ〉と兼好は云った。人間の生死の無常性、さだめなき現実に悩み抜いたあげくの認識として、すごいことを云うなぁとしみじみ思う。

無常のこの世を愛する方法を学ばなければならない。ざらざらした心が、潤い、求心していく方途をさがさねばならない。私は、仏教徒ではないから、無常即発菩薩心というわけにはいかないが、心の回復には、〈他者〉を発見する以外になさそうだ。被災地におけるボランティア活動のように。

五十年昔の父や母は、あの未曽有の敗戦のただなかにあって、よく生き抜いたと思う。私は、彼等によって育てられた。彼等にとって私は、大切な〈他者〉であったに相違ない。

（46号／1995・4）

鑑別所から出てきた少年

鑑別所から出てきた少年が、嘆願書などで世話になった教師に、礼を云いにくる。退学、休学、在学中と様々だが、ここ一年間で四人いた。鑑別所の教育が良いのか、みな一様に、殊勝で素直になっている。離婚家庭で、父親と暮らしたH君などは、審判の日、法廷で裁判官が〈今日は、両親も来ておられる〉と云ったので、まさかと思って背後を盗見したところ、縮んだような母親の姿を発見して、涙がとまらなかったそうだ。

鑑別所では、態度いかんで少年院に送られる。起こした事件や被害者について、家族や自分について、毎日、端座して瞑想し、作文に書く。白紙に近く、ほとんど感情を見せなかった学校の授業時の文章とはちがって、真摯に何枚も、しかも丁寧に書いていて、別人かと思わせられる。

二カ月ほど拘束されて、両親の有難味をしみじみ味わった。見捨てなかった〈彼女〉にも、感謝しているという。その感謝のはしくれに教師もいるのだが、なんとも妙な気分である。彼等の心の変化は、司直の力であって、学校の教育の力ではないからだ。家庭や学校で、もてあました子に、心の橋がかかるようになっている。

人間が変わるには、精神と肉体の双方に強い力が働かねばならないということか。戦後の公教育で、〈修養〉とか〈修業〉とかいった言葉が消えてしまった。魂に届く言葉の〈装置〉が、学校のどこにもない。そこが愚劣な宗教のつけ入る隙でもあるのだろう。

（47号／1995・1）

現代の〈軽み〉

一九九六年二月／51号

将棋で七冠王になった羽生善治名人をみていると、球界の何冠王だか知らないが、これまたスーパースターのイチローを連想する。共にその世界のナンバー・ワンでありながら、王座にのぼりつめるまでの、艱難辛苦をくぐり抜けた〈表情〉をしていない。すべすべして、つるっとしているというか、さわやかで涼しい顔相である。昔の升田、大山両名人や、世界の王貞治には、いかにも王者にふさわしい何かがあった。

〈厚み〉〈味〉というのは、将棋の用語だが、そういう感じが両名人にはあったし、王貞治には、眼光炯炯たるまなこと凄みを感じさせる眉間の立てじわがあった。超一流とはこういうものかと思わせる風格があった。しかし、羽生にもイチローにもそんな感じはどこにもない。軽やかでさわやかで、スマートである。これが現代だとすれば、文学の世界においても〈現代〉は実現しているはずで、たとえば、村上春樹の文体などは、その感じに近いと思われる。詩の世界では、〈ライト・バース〉の書き手ということになろうか。
この間、友人にすすめられてパソコンにさわったが、この機械によって生み出される言葉も、あるいは、そうかと思われた。時代の変化の根底に何があるのだろうか。その不易と流行をしかと見きわめたい。

（51号／1996・2）

バリ島の美術館

私は、昭和二十二年に、大阪・南河内郡の磯長(しなが)小学校に入学した。たしか図工の時間だったと思う。敗戦直後のこととて、先生が用紙の確保に苦労されていたのだろう。鮭の缶詰のラベルを配られた。少し厚手の細長いラベルの裏側は、つるっとして白く、先生はそこに絵を描くように命じた。できた者から帰ってよいということだったので、みんな熱中した。私は、山を二つ描き、手前に松の木を二、三本、それに、山のかなたに飛び去る鳥を、〈へ〉の字型にして、遠近をつけて提出した。

バリ島のウブドウの美術館で、全島から集められた小学生の絵を見たとき、私は、自分が描いた小学一年次の絵を思い出した。そして、なんとぶきみな絵を描いたものかと思った。赤道直下の島の子供たちの絵にも、山・木・鳥は登場する。しかし、田畑も人間も、家畜類も書き込まれていて賑やかだ。鳥は、〈へ〉の字の抽象ではなく、形も色彩もリアルである。山のかなたに小さく消えていったりしない。色美しく頭上をとび、まわりの樹木にひそんでいる。自然のなかの生活の豊饒が伝わってくる絵である。青い山のかなたに鳥がとび去っていく絵を描いた自分の心の奥深いところにひそむものが、五十年たった今も自分のなかにあるのを自覚して、私はぞっとしている。

（52号／1996・4）

非常勤講師をしている某私大では

非常勤講師をしている某私大では、控え室の近くに、職員用と学生用のトイレがあるが、私は近い方の学生用を利用することが多い。当局には悪いが、落書きが面白いのである。〈知的殿堂〉のせいか、下品なのは少ない。先日も正面に〈やっと一人になれたね〉とあったので、余計なおせっかいだと思いながらも、笑ってしまった。なかでも〈オマル付き個室〉は身につまされた。かねがね、病院の個室にはあこがれを持っていたが、オマル付きの可能性の方が高いように思えてくる。

学生にも種々の器量があって、授業終了後、黒板を消そうとすると、涼しげな声で、〈先生、私がやります〉という。ふりむくと、韓国の美人の女子留学生であった。日本人として気になったのか、山口県出身の文芸クラブ員の男子学生が手伝うこともある。日本人の女子学生はというと、缶ジュースなんか飲んで、話に夢中である。

日本の女子学生に、昔の女性のような〈たしなみ〉〈美風〉がなくなったと確信が不動になりかけていた頃、某公立大学で、こんなことがあった。テキストに使っている岩波大系本平家物語上下巻は、大変重い。家から持参できないので研究室図書を使っていたが、ある日、本がないので、困ったなと思って、別棟の三階の教室にいくと、教卓にちゃんと運んでくれていた。娘にこの話をしたら、気づかわれる年になったのよとにべもない。

（53号／1996・6）

大阪府立刀根山養護学校

大阪府立刀根山養護学校は、国立刀根山病院に隣接していて、筋ジストロフィー患者の療養しているわかば病棟から、学齢期の生徒が登校する。わかば病棟からは、「遥」、養護学校からは、「若葉」という文集が発刊されているが、外部の人には知られていない。

そのほとんどであるデュセンヌ型の筋ジス患者は、平均二十年の短い人生を生きる。電動車椅子の生活はまだいい。筋肉の萎縮が進行すると、ベッドから天井のしみをながめることしかできなくなるという。筋ジス患者は、聡明な人が多い。天井のしみのかなたに広がる永遠なるものと対話する修練を、彼等は、日々、つみ重ねているといってよい。いかに意義深く生きるかが、患者、医師、教師たちの最大の課題である。文集は、その証であって、私は一読して驚嘆した。

僕はずっと待っているよ／たった一つこの躰を持って／ここで待っている／何度日が沈もうが／かまやしない／雨が記憶を掻き消し／風が欲望を吹き消し／たった一つこの躰が／朽ち果ててしまっても／たった一つこの魂を持って（「永遠」中野光章）

中野さんは、十九歳で、現在は、眼球の動きで文字を読みとるセンサーによって意志を伝達しているという。

筋ジス患者は家族が外部に知らせたがらない。しかし彼等の生きた証しは我々に深い感動と勇気を与えてくれる。養護学校は、存続をめぐって問題が山積している。

（54号／1996・8）

文章の魅力

この間、吉本ばななの『マリカの永い夜／バリ夢日記』を読んだ。〈バリ〉に関する本には敬意を表する習慣があるからだ。しかし、話の筋の面白さは認めるとしても、文章自体の持つ魅力はまるで感じなかった。〈すばらしい朝が来た。まだ少し酔いが残っていて、光や景色が鮮やかに感じられる。私は冷蔵庫から水を出して、たくさん飲んだ。この世のものとは思えないくらいおいしかった〉〈夕方がとてもきれい。この日の夕暮れは格別だった。ホテルの窓という窓に夕空が鏡のように映り、金という金を反射し、ともるライトがプールの水面を照らし、飛行機が美しく光りながら飛んでゆく〉

愛読している阿部昭の『変哲もない一日』の冒頭は、朝の描写だが、次のようだ。〈四時半にはもう蟬が啼いている。鳥はもっと早くから鳴いているにちがいない。むろん虫は夜もすがらだろう。夏の明け方、人間どもは鳴りをひそめていても外は結構にぎやかなものである〉描写の密度も、文章の品位も、吉本ばなな（大体この名前は何なのだ！）とは、まるで違っている。

自然体で軽く生きる風潮は、経済大国になって以後の日本人を支配している。日米安保の下の偽の〈平和〉のつけである。死が遠くなって、豊饒な生も、文化も、希薄になり遠くなったのである。私は、重み、深さを意識していない〈軽み〉の文化に疑問を持っている。

（55号／1996・10）

私の眼鏡

眼鏡の世話になってから、眼鏡入れで、だいぶ悩んだ。当初は、頑丈なケースに眼鏡を収めて、そのまま鞄や服の内ポケットに入れて持ち歩いていたのだが、不便で困った。車内で本が読みたくなる。鞄の中を探して、ケースを取り出し、蓋を開ける。眼鏡を出して掛ける。空のケースは、閉じて、うっかり服のポケットにでも終(しま)おうものなら大変である。眼鏡を片手に、もう一方の手には、鞄とコートとマフラーをつかんで、慌てて下車するような仕儀になる。

そのうち、同僚を真似て、革のケースを、腰のベルトに取りつけてみた。便利だが、ガンベルトを巻いたみたいで、落ち着かなかった。ところがである。一年ほど前、ハリソン・フォード主演の映画を見た。題名は忘れたが、主人公が、ホテルの部屋でシャワーを浴びている間に、妻君が失踪してしまうという竜頭蛇尾の筋書きの映画だったが、気に入ったのは、主人公が、胸のポケットから、いとも無造作に、眼鏡を取り出すシーンだった。暗号の紙片を読むのに、眼鏡のケースを開けるようでは、仰々しくて様にならない。胸のポケットからか。なるほど粋だなあと感心した。うまい詩を読んだような気持になった。以後、私の眼鏡は、胸のポケットに落ち着くことになったのだが、これまでに、再三、地面に落としている。さて、ここから振り出しに戻るが、多少のリスクを背負うかは、人生観の問題だろう。本年もどうぞよろしく。

(56号/1996・12)

テープ雑誌〈こうせき〉

川崎洋、清水哲男、谷川俊太郎の編集による処女詩歌集の冒頭作品作者朗読のテープ、称してテープ雑誌〈こうせき〉創刊号限定50部の一つを所有している。

前出詩人の他に歌人では唯一寺山修司の朗読『空には本』〈森番〉10首がすばらしい。寺山修司が亡くなる二カ月前、一九八三年の三月に、私は嵯峨信之氏の自宅でこの朗読テープを聞いた。作者十九歳のデビュー時の作品というのも驚きであった。

わが通る果樹園の小屋いつも暗く父と呼びたき番人が棲む
海を知らぬ少女の前に麦藁帽のわれは両手をひろげていたり
夏川に木皿しずめて洗いいし少女はすでにわが内に棲む
列車にて遠く見ている向日葵は少年のふる帽子のごとし
吊されて玉葱芽ぐむ納屋ふかくツルゲネエフをはじめて読みき

東北弁で朗読する彼の歌は、東北の短い夏のきらめきや、風土の陰翳、夢と憂鬱を抱えこんだ少年の内面を伝えて絶妙であった。伴奏される田中ミチのピアノ曲にも私は心から魅了された。

芸術には二通りのものしかない。上手か下手か。思いが深いか浅いか。感動するかしないか。良いものは良いのだ。〈短歌的抒情〉だからといって、否定する気に私はなれない。

ソヴィエト連邦の崩壊によって、革命の理論は地に堕ちた。社会主義思想と深い因果関係にあった文学理論もこれに同じ。しかし、信奉者の自己批判の声を聞いたことがない。

（57号／1997・2）

夙川の桜

同僚が、学年末の大掃除中、焼却炉でゴミ処理をしていて、殺虫剤のスプレーの爆発にあい、顔面にやけどをした。顔は軽傷でも、気管支の検査の必要ありということで、自宅のある西宮市の病院へタクシーで移動することになった。三月二十九日の豪雨の夜である。顔を包帯でぐるぐる巻かれているものの、いたって元気な若い同僚を、受入れ先の病院の玄関で待ち受けていた夫人にたくし、必要な用務を終えて、二人と別れた。雨上りの早春の夜であった。

阪神香枦園の駅につくと、なんと夙川沿いの桜は、もう三分咲きである。まったく予期せぬことで、外灯に照らされ、陰影を秘めた桜は美しかった。豪雨のあととて人通りもない。時計をみると、夜の十時をまわっていて、夕食をとっていないことに気づいたが、私は阪急夙川駅まで歩くことに決めた。震災のあと、夙川公園の桜を見ていない。四月を待たずに、今年も律儀に咲いてくれた桜の花に感謝したい気持だった。

西行の辞世歌の連想で、私はサクラといえば印度のサーラ（沙羅）を思いうかべる。三月には、その詩想に親近感を抱いていた詩人に次々と旅立たれた。桜は咲きはじめたばかりだったが、私の心の中で、サーラの白い花が〈ふりかかり、降り注ぎ、散り注ぐ〉のを感じていた。サーラと同じようにサクラもまた聖なる鎮魂の花だと思う。庭先きの桜も、村里を囲むように咲く山桜も、祖霊と共にあった滅びゆく日本人の魂の原郷であろう。

（58号／1997・4）

江藤淳『南洲残影』

日本は現在、未曽有の国難に直面している。滅亡の足音が聞こえる。そういう危機意識によって書かれた江藤淳の『南洲残影』（文藝春秋）は、卓越した批評精神と詩魂のみごとに融合した文章で、読後の余韻がさめやらない。目の前の一冊の書物は、たしかに散文・評論の形をとっているが、目をそらすと、西南戦争を描いた〈全的滅亡〉の叙事詩になるといった印象である。散文も批評精神も、西郷南洲という思想、そのエトス、すなわち一つの大きな〈詩魂〉を伝えるためにのみ機能している。

超ジャンル、ボーダレスの時代にあって、詩は行分けの文章にしか宿らぬというのは、固陋な考えに過ぎない。詩集の体裁をとってはいてもポエジーがなく、歴史を記した〈精神気魄〉の文章にポエジーがひそむことは当然ありうることである。今日において、既成の詩人の多くは、安定した記述の自動システムにのっかり、若い詩人の多くは、言葉をゆすったり、ひねったり、ズラしたりしているものの、要するに言葉との戯れ以上を出ていない。私に至ってはウタさえ忘れている。

国難の時代に、詩はどう書かれるべきなのであろう。滅亡のウタをうたうことはたやすい。しかし、滅亡のウタは、愛惜すべきものがあってこそうたわれるべきである。物質的価値のみを至上のものとしてきた戦後の日本にとって、愛惜すべき価値などあるのかどうか。〈拙者儀、今般政府へ尋問の廉有之…〉と、大久保利通等の近代化路線に〈尋問〉をつきつけ、〈全的滅亡〉の道を選んだ西郷南洲には、守るべき、愛惜すべき価値があった。それは明治の近代国家成立以来、戦後の今日までに〈頽廃し、崩壊し、空無に化して行〉った日本人の精神の気概、〈精神気魄〉であったと作者はいう。西郷に従った三万の将兵の、二百二十二日に及ぶ戦闘の〈全的滅亡〉の叙述から、悲しみを湛えた薩摩琵琶の急霰のごとき撥音が聞こえてくる。それは、国難にあたって、日本人の心の奥深いところにひそむ精神のエトスをよみがえらせようとする作者の詩魂のあらわれである。すぐれた文学者が詩人であるというのは、まさにこういう叙述を指していうのであろう。

松元泰介『空の壜』（ミッドナイト・プレス）は、戦後の日本の高度成長期に実現した一億総中流意識から脱落していると感じる作者の低い目の位置の光る詩集である。正津勉の帯文に〈家庭崩壊、心因性神経症、受験失敗、自棄的衝動…〉と作者の背負う問題を列挙しているが、そういう作者が自己の誕生を次のように書くとき、作者は人生に触っていると感じる。そしてその塩辛い人生の感触こそ、この詩集のもつ真の魅力であると思う。

〈…その日は北の風が強く吹きつけた／冬のはじまりを思わせる一日で／それは母子手帳にもしるされてある／「その日、病院の窓から庭の木立をながめると、葉っぱはみんな落ちとても冷たい朝でした。」…〉

『墓碑銘』を読んで

(「読売新聞・詩評」1996・12・7日付夕刊より転載=59号/1997・6)

二年前、ひめゆり平和祈念資料館で入手した『墓碑銘―亡き師亡き友に捧ぐ―』(ひめゆり同窓会・ひめゆり相思樹会発行)が、念頭を去らない。ここには、今次戦争で死亡した沖縄師範学校女子部、沖縄県立第一高等女学校の女生徒並びに教員二百十九名の、遺影と死亡の状況、ありし日の姿などが収められている。

生きていれば私より年長のお姉さんにあたるはずだが、十三歳から二十歳で、みな短い生涯を閉じている。記載の最後にあるまだ十三歳の花城道子については〈ポチャッとした顔立ちのかわいらしい人だった。きれい好きな性格で、いつもきちんとしていた。長女なのでよく家事を手伝ったり、家業の履物店でよく母の手伝いをしていた〉とある。上地愛子(当時十九歳)については〈首里に生まれ育ち、言葉づかいが丁寧であった。学校では、教室の黒板を隅々まで拭き、教卓に花をよく活けていた。〉そんなふうに全員の人となり、ありし日の姿が書き留められている。読みすすむにつれ、記述の背後から浮かび上がってくるのは、〈看護、水汲み、飯あげ〉のために弾雨をくぐって立ち働く姿であり、重傷を負って壕に残る少女たちのうたう「野ばら」や「海ゆかば」の歌声である。腹部をうたれ苦しみをこらえつつ、助からぬ身に薬はいらぬ、兵隊さんにあげてと叫ぶ聖女たちの姿である。あるいはまた弾雨激しく埋葬できぬ死者に毛布を掛けに走る勇敢な少女たちである。

一人、一人の記述は短いが、深いリアリティがある。ありし日の故人の姿、その表情、その声をこの世にもう一度取り戻したいという痛切な思いにつらぬかれている。編集者の中心である仲宗根政善氏は、「過去帳」に浄書した故人の名について〈名字・名は実をあらわし親のはじめて呼んだ名であり死後も叫び続けた名です。学友の親しみ呼んだなつかしい名でもあります〉と、巻末に記している。〈親のはじめて呼んだ名〉〈死後も叫び続けた名〉という表現には、深い慈しみと慟哭が感じられる。この本には空疎なイデオロギーや、無神経などぎつい表現の類は一切ない。あるのは、二百十九名の死後のかけがえのない生涯を、正確に記録し、記憶しようという態度である。その態度を貫いているのは年若い死者に対する深い愛惜であり、祈りである。

『墓碑銘』を読みながら、私は幾度も涙したが、考えてみると、日本という国は、今次戦争の死者に対して、心からの祈りを捧げたことはなかったのではないか。慰霊、追悼の行事はたしかにあったが、たとえば公教育の場で、『墓碑銘』のような鎮魂の書を与えられて、誰もが合掌するといった経験を日本内地の人間はあまりしていないように思われる。沖縄は死者が生きている。死者に見守られている。日本内地では、日本人の精神に異変が生じていると思わせられる事件が続発しているが、これは今次戦争の総括と深いつながりがあると私は考えている。

（「琉球新報」１９９７・１・24日付朝刊より転載＝59号／１９９７・６）

嵯峨さんの将棋

来阪中の嵯峨さんから〈将棋を指しにいらっしゃい〉と云われた。詩学二月号の伊藤章雄さんの追悼文「悠久に時間が流れている人」を読むと、その頃のことが、ただ一つの誤認を除いて活写されていてなつかしかった。

最初の頃、詩学社に遊びに行くと、嵯峨さんは、どこかから将棋盤と駒を持ち出して来て、一番いこうとおっしゃる。しかし駒を並べているうちに、また雑談に戻って、次にしようというようなことが続いた。だから嵯峨さんと指したのは、だいぶあとなのだが、伊藤さんとは、嵯峨さんのすすめで、中盤の山場にさしかかる局面までは指した。

〈次の一手で以倉さんかぼくのどちらかに深刻な時間がおとずれ〉る局面で、行司役の嵯峨さんから、棋譜は記録して、続きは次回、と〈待った〉がかかった。〈口に入れた羊羹を飲み込むな、といわれた気がした〉と伊藤さんは書いている。

〈さすがに悠久の時間が流れている人のいうことだと思った。察するに、以倉さんにとってこの成り行きは、おそらくよかった。ぼくはせっかくの快感を味わうめったにない機会を失った。〉

私が〈ただ一つの誤認〉と書いたのはここの所である。伊藤さんは、剣道ができて、プロレスラーのドリー・ファンク・ジュニアみたいなで肩で、格闘技も強そうな好男子だったけれど、私は通天閣の名誉にかけてうち負かすつもりでいたからだ。嵯峨さんには一番だけ負けたが、よく覚えていらっしゃって、〈あれはいい将棋だった〉としばしば回想された。


（63号／1998・2）

新しい職場

夜学をやめて三カ月。最初の頃は、長い春休みが続いている感じだったが、同僚たちが五回も送別会をやってくれたので、次第に納得させられた。それでも夕刻の六時十五分になると、給食の時間だと思うし、九時過ぎには、ソファーで談笑しているにちがいない同僚や生徒たちの顔がうかぶ。

三十二年間、ぼくは人生の最盛期を夜学で過ごした。そこでの経験は、いつしかぼくという人間のモノの考え方や人生観に深い影響をもたらすことになった。これはぼくの意志を越えたできごとである。だれも、仕事を選ぶときそれがもたらすもののすべてを知ることはできない。しかし結果として夜学がぼくをつくってしまった。これが人生というのだろう。

新しい職場は、近畿大学の文芸学部で、身分は専任講師である。担当は主として創作。創作希望のゼミの他に、平家、蕪村、独歩、などを講じている。この大学は、樹木が大きく豊かで、東門の〈近畿大学〉という黒字・横書の白いボードが、緑の枝葉のなかに顔をだしていたりする。広い構内には、銀杏や欅の並木のトンネルがあって、朝夕その下を自転車で通るのがひそかな楽しみである。この大学は夜間部もある。ライトアップされた樹木の下に学生たちが群れをなしていると、どこかアジアの町の光景のように映る。停年まで十年。ぼくは留学生のような気分で、どんな生活を送るべきか考えているところだ。

（65号／１９９８・６）

独立自尊の精神

経済のことはよくわからないが、対外債務一兆ドルという世界一借金の多いアメリカが繁栄して、対外資本一兆ドルの黒字だという世界一の債権国日本が、苦しんでいるのはどういうことだろう。円安ドル高を是正しようとすれば、買い支えしている米国債を一割か二割売るだけで、アメリカは脅威だろう。全部売ればドルは八十円ぐらいに下がるとも云われているのだから。

しかし、日本の政府が、それをしないところをみると、やはりアメリカが恐いらしい。アメリカには文句ひとつ云えないところがあるらしい。日本はアメリカの繁栄のために、せっせと稼いだ金をつぎこんで、向こうの株高を維持する従順にして勤勉な〈奴隷〉的役割をはたさなければならぬものらしい。原爆を二発も落とされても、こちらが悪うございましたと思っている国だから、どうしようもない。米ソの冷戦下では問題は水面下にあったけれど、日本人としての独立心、品位、誇りが、なしくずしに失われていくと感じるのは私だけではあるまい。この国はどうなるのだろう。

私は戦後民主主義という思想、かつまた戦後の教育に大きな転換点、反省の時期がきているると思えて仕方がない。私とほぼ同年配の政治家をみていると、日本人の魂を抜かれ、催眠術をかけられてその自覚のないままに活動している人にみえて仕方がない。品位ある独立自尊の精神を養いたいものである。

（66号／1998・8）

嵯峨さんの手紙

嵯峨さんの手紙で、自己の詩についてお書きになっているのがいくつかある。度々読みかえすけれども理解が及ばない。しかし畏敬の念だけは増々つのる。一部公開する。

「この頃というより、かなり前とした方がいいでしょうが、ぼくの書く詩とは別の詩圏が頭の中を去来しています。なにか別のもの、説明がつきませんが、いままでの詩は頭の中で漂っていたものが、ペンの先きに流れて、ともかくも形が与えられる、ところがまだ摑んではいないが、水と共に流れていたり、風のながれとともに流れている、しかもその境界線がなく、どこでも周りの存在に同化するが、われわれの英知や存在を超えているようなものが、詩にとらえることができないだろうかということなのです。詩に捕えるではなく、詩に宿らないかということなのです。甚だ漠然としていますが、要するにいままで詩につながっているようなポエジーでなくて、なにかありそうな気がして、それを求めているということです。想を物にして表現するのではなく、想のもう一つ彼方にある想とでも言いましょうか。海底に生えている珊瑚園が水面のどこかにまぼろしのように映える、それを水深数十メートルのところで感じる――そんな感覚みたいなものです。」（一九八三年三月二十六日付）

例の丸善の原稿用紙20枚に及ぶ長文の一部。八十歳を越えて、嵯峨さんは、言葉を越えた世界の荘厳（ポエジー）を感じていたのだろうか。誠に恐るべし。

（67号／1998・10）

夜学生Aの場合

夜学を辞める数年前から、〈ワル〉に大きな変化がみられた。それまでは、どんなワルでもなんとか話が通じた。テレビドラマで熱血先生がいくと、事態が収拾されたり、理解が深まったりといった場面がよく見られるが、あれに似たことは、平成のはじめぐらいまでは、どの学校にもあったはずだ。

事態は少しずつ深刻化した。辞める二年前のケースはひどかった。暴走族の団長のAが入学してきて、単車で一階の廊下を走った。生活指導部に呼ぶと、最初は事実を認めていたが、処罰されると知るや、前言を翻し〈乗っていない〉〈目撃した先公を連れてこい〉〈写真をとったのか、証拠を出せ〉とわめく。時にはヘラヘラ笑う。人権侵害だと流行語をさけぶ。人違いだったら土下座しろ、ただではおかぬとすごむ。母親に来てもらうが、息子の云うことを信じてやりたいという態度だった。そうしないと息子との心の糸が切れてしまうという感じだった。停学にして家庭訪問すると、長椅子に寝そべってタバコを喫っている。元府会議員の父親の遺影の前である。学校に向いていない性格だが、学校だけは出ておいてと母親に云われて来ているのである。Aの場合は話がまったく通じなかった。頭から教師を見下すというか信用のおけぬ奴、という感じだった。Aは外で問題をおこして退学したが、今までの良き〈ワル〉とはちがって、学校や教師の無力さを痛感させられた。

（69号／1999・2）

理念のきしみ

平成の前後から、〈悪事〉を働いてもそれを認めない生徒が現れ始めた。人を殴っておいて、殴っていない。被害者は嘘を云っている。証拠を出せ、人権侵害だと主張する。校医の診断書もとり、被害者の訴えの内容から、一二〇％加害者は誰とわかるにもかかわらず、否認する。被害の訴えがあって、加害者の生徒を呼んで、事実を否認するというような卑怯な生徒は、平成以前にはなかった。警察なれしているというか、こういうずる賢い生徒に対して、教師の唯一の武器が、〈説得〉でしかないことを知っている人は少ない。説諭して改悛させ、処罰を受けることを納得させないかぎり教育的処方はできないことになっている。
最近のワルガキはこれを知っているので、犯行を否認する。証拠を出せという。加害の実証ができなければ、〈説得〉も成立しないから、改悛する必要もないわけだ。それでも現場の教師は、被害者を呼んで〈説得〉にかかる。平成の前後から〈説得〉が、特に通じなくなったという印象である。昔のワルガキはさわやかだったなと思う。人間は〈説得〉できる、ことばは通じるものである、そういう理想の下に、戦後教育はやってきた。教育委員会は、現在も〈説得〉あるのみの考えを変えていない。しかし、精神的、物理的を問わず、何んの力の背景もなく、人間は説得できるものかどうか。これは戦後思想の問題である。非現実的な理念や理想がきしみはじめているのである。

（70号／1999・4）

母親の死

一月二十四日に、腰の骨を折って入院中の母親が、肺炎を併発し九十四歳で亡くなった。自分が長生きなのは、〈生前お父さんにあんじょうせなんだから〉迎えにきてくれないのだと云っていた。しかし命日が父と同じになったことから判断すると、身動きできぬ上にせきこむ妻をみて、もうあちらにはおいておけぬと父が判断したからにちがいあるまい。四十九日が過ぎて、長兄が〈拙詠十首〉を送ってきた。

〈動かせぬ老母の腰を撫でいればお前坐りとかすかに言えり〉

〈病室の患者の出入りかなりあり為すすべもなく年の瀬は来ぬ〉

〈心ぞうが止まりましたと電話うけかけつけたれば母まだ温し〉

ぼくは、通夜の前日は一人で母親のそばで寝た。田舎の家を出て以来、母の横で寝たのは、父と姪の葬儀の時以来であった。なんたる親不孝かと思った。何ひとつ不平をいわず、〈けっこうな一生やった〉と口癖のように云っていたが、はたして内心はどうであったか。出棺のとき、最後の対面をして、家族が最初に花を入れる。ぼくは花にまぎれて、JRのオレンジカードとテレフォンカードを入れてしまった。なんたる感傷かと今では恥ずかしいが、とっさのことでとまらなかった。これは、いかにぼくが言葉に淫した人間になってしまっているかという証拠であろう。夢と現（うつつ）のあわいがわからなくなっているのかも知れない。ぼくは突如ことばに襲われたのである。改めて、ことば（記号）のこわさを実感する。

江藤淳氏の死

（71号／1999・6）

七月二十一日の午前零時を少しまわった頃、テレビに速報が流れて、江藤淳氏の死を知らされた。非常な驚きであった。〈愛妻の後追い〉自殺という内容の解説や活字ばかりが、テレビや新聞を占有するに至って、本当だろうかという疑問が生じた。無関係とはけっして思わないが、どこかひっかかる所があった。それだけにその朝、買い求めた新聞各紙のうち毎日新聞がいち早く報じた遺書全文には感銘を受けた。

〈心身の不自由が進み、病苦が堪え難し。去る六月十日、脳梗塞の発作に遭いし以来の江藤淳は、形骸に過ぎず、自ら処決して形骸を断ずる所以なり。乞う、諸君よ、これを諒とせられよ。〉

遺書はこの他に三通あり、親族である姪には〈前略、これ以上皆に迷惑をおかけするわけにはいかないので、慶子の所へ行くことにします。…〉とある。朝日新聞をはじめとする解説は、この後者の方と『妻と私』の文章を結びつけて、前者の内容を無視している。

故意か悪意か。それとも戦後の日本人は、前者の遺書にこもる〈精神気魄〉を理解できないからか。私のような軟弱の徒は、〈形骸を断ずる〉勇気を持ち合わせないが、しかし、そう書き残して自決した人に対しては、凄いという思いがする。人の死の解釈すら、時代風潮から免れえない。江藤氏の死は、二つの遺書のなかにあるのであって、そのどちらか一つではありえない。それにしても、なんと惜しい人を亡くしたことだろう。

（72号／1999・8）

後藤明生氏、幻想喜劇派の再評価

勤務先の大学の文芸学部長であった作家の後藤明生氏が亡くなって二カ月目が過ぎた。内向の世代の作家では、阿部昭を読んできた私は、後藤氏の文章に親しむ機会がなかった。このたび、氏のユーモアたっぷりのだみ声の語り口を思い出しながらその著書を読んだが、近代文学に対して、蒙を啓かれる気がした。以下は氏の考えの要約である。

ロシアの近代小説はペテルブルグからはじまった。ピョートル一世はこの都市を〈ヨーロッパよりもヨーロッパ的な都市〉にしたいと考えた。近代化の手本はフランスで、フランス語を喋ることはロシアの貴族社交界の教養であった。ここにスラブ派と西欧派の対立が生じ、〈露魂洋才〉の分裂＝混血が問題となる。関係のズレが笑いであり、幻想であり、不条理であり、喜劇である、プーシキンやゴーゴリの小説の誕生である。

二葉亭四迷は、このペテルブルグ派＝幻想喜劇派の小説を手本として、日本近代の〈和魂洋才〉の喜劇『浮雲』を描こうとして挫折した。ために日本の近代小説は、幻想喜劇派の手法をとらず、同じ二葉亭の名訳ツルゲーネフの『あひびき』から写実派＝国木田独歩の線上に流れていったという。日本近代文学におけるロシア文学の主流もまたツルゲーネフやトルストイなどの〈田園派、抒情派、人道派、人生派〉になったという。氏の考えの一部を読んで、私は私の文学のルーツを指摘された気がした。幻想喜劇派の手法の再評価。興趣つきないテーマである。

（73号／1999・10）

要は〈私〉の質である

二十一世紀の月はじめといってもそれは暦の上のふし目のことで、人間の生活がことさら改まるわけでもない。この世紀の二十年前後にオレは死ぬという程度の感慨しかわいてこない。旧年の間、小説についての理屈で、小説は、他者を描かねばならぬ、私小説は自己中心であるからダメだという主張について考えていた。これは裏を返せば、抒情的モノローグである現代詩の否定に通じるからである。他者とは何か。自己を否定し、対立すること多き相手である。人間はしかしこの他者と折り合いをつけて生きていかねばならない。この悲喜劇の具体を細叙するのが小説だというのである。なるほど、それはその通りだと思うが、他人や世間のことを知っているのは、文筆にたずさわっている人だろうか。書く力は文筆家にあるにちがいないが、認識力、人間をみる眼力の方は、世間の荒波にもまれている人間の方が、はるかに上をいっているのではないか。相手の値ぶみをまちがうと倒産の憂目をみるような所で生きている人の方が、他人のこわさも人情もよく知っている気がする。となると、作家、詩人の描いた他者など、ぼくは本気で信用する気にならない。もちろん、世間の荒波にもまれて生まれた作家、詩人は別だけれども。根本の人間が大事で、三人称小説か一人称小説か、その形式はどうでもよいようにぼくには思われる。詩人は新しい世代になっても〈私〉のウタをうたうだろう。要は〈私〉の質である。

（74号／1999・12）

神々のいます国

現在総理である森氏の神道政治連盟議員懇談会の発言全文を読んだ。野党代表者やニュースキャスターの多くは、〈天皇を中心とした神の国〉〈天皇中心の国〉と、天皇を神格化する発言を森氏がしたと騒いでいる。しかし、全文を読むと〈天皇を中心としている神の国〉となっており、〈天皇を中心としている〉という修飾句は〈神〉より〈国〉に掛かっていると考えるのが妥当だろう。それにスピーチでは、読点のニュアンスが出ないが、森氏は〈天皇を中心とした、神の国〉のつもりで云ったのではないか。誰もこの点に言及している人はいないが、「、」の位置を決めるのは聞き手の都合ではなく、話者の意志だ。話者も聞き手もそれぞれにヘンである。

私は日本を神々のいます国でよいと思っている。神も仏も霊魂も未来の科学が明確に否定したとして、神社仏閣、墓地の一切が、アパートや公園や駐車場になった光景は殺風景で耐えられない。神仏も霊魂も、生者の深い知恵が生み出したものである。心のなかに神仏も祖霊も住まぬ少年が激増していることを憂えて何が悪いことがあろう。日本の文化や伝統について、すなわち〈国体〉について云う人があると、すぐさま過去の戦争に結びつけるのは誤りである。私などは毎日、死者と話し、日本の伝統文化について考えない日はないが、戦後の日本を憂えることはあっても、防衛以外の戦争をする気など一二〇%ない。どうしてまともに議論をしようとしないのだろう。

（77号／2000・6）

想像力の大切さ

今日、想像力の大切さをいわない文学者はまずいない。それに比べて、戦後はリアリズムの旗色が悪い。これはリアリズムの方にも大いに責任がある。社会主義リアリズムなど観念やイデオロギーと結びついていたからだ。しかし〈日頃見なれているために見ていないものを見る〉というシクロフスキーのリアリズムの定義に従うなら、真のリアリズムとは、現実から無限の発見を得るものでなければならない。

手元に本がないので正確ではないが、サルトルは、想像力について、たとえば目の前の活字を見ている間は、恋人の顔は思い浮かばない、恋人の顔を思い浮かべるためには、活字から目をそらさなければならないといった。すなわち想像力が働くためには、現実を見ないことが必要なのである。また、思い浮かべられたモノ、イメージされたモノは、夢のなかのモノと同じで、でき上がってしまっていていくら観察しても、新しい発見は得られないという意味のことも述べている。

つまり想像力には危険な罠があるということだ。現実を無視すること。観察を軽視して現実から〈宝〉を得ないこと。現実を観念や想像の世界に封じこめること。封じ込めた現実ばかり眺めているために、固定した考えから抜け出せなくなること。こういう罠にはまらないために、無限の発見という意味での、現実重視のリアリズムと真の想像力の組合せが必要ということになりそうだ。

（78号／2000・8）

角田清文氏の〈想像力〉

〈船室〉の客人、角田清文氏から、機関室で書く私の〈船便り〉の雑文に、連句の付句のような遊び心をもった散文が届く。今回はことの他嬉しかった。というのも氏は、〈想像力〉について、〈想像力は、また読書体験の蓄積とわかちがたく結びついている。〉と書いているからだ。私はかねがね詩人の霊感とかインスピレーションなどというものを額面通りに受けとることに懐疑的だ。この夏「幻想詩の可能性」という題目で、岡山で、講演まがいのことをさせてもらったが、そのときの要旨も、想像力の一種である〈幻想〉は、書き手の直接的な人生経験や読書体験が、テーマに即して浮かんでくる事態をいうということだった。〈想像力〉は、現実を凝視しているだけでは作動しない。凝視、観察したあと、現実から〈目をそらす〉ことが必要である。井上靖の「地中海」の、目の前にある地中海は大きな海であるが、〈目をちょっとでもそらすと、それは小さな水たまりになった〉という機微に想像力の営みは明瞭である。漱石の「夢十夜」の〈第三夜〉、子殺しの幻想も、漱石の霊感による創出ではなかった。原型は、小泉八雲の「日本海の浜辺で」にあるし、日本各地の民話にある。それをいかに料理するかが創作家のねうちのようだ。角田氏は〈この読書体験の基盤は、…十代後半から二十代前半にかたちづくられる。〉と書いている。ああ、わが身の怠惰を嘆く他ない。

（79号／2000・10）

プシュパ・ブリシュティ

〈サラノキの森は明るく美しい〉。花（プシュパ）が〈とめどなくチラチラとこぼれ落ちる様は、天の神々がめでたいことや、晴れがましいことがあるときに降らせる「花の雨」（プシュパ・ブリシュティ）のような感じだ〉（西岡直樹「インド花綴り」）

旧世紀最後の日付けで出す新詩集の題名は、この文章の〈プシュパ・ブリシュティ〉からとった。ところが、視力の悪化で〈ブリシュティ〉を〈プリシュティ〉と読みとってしまったのだ。私のサンスクリット語の師匠は二人いる。一人は夜学の元同僚の奥田豊氏である。題名に使う以上は、字義の確認が必要と教えを乞うたところ〈プシュパ・プリシュティ〉なんて知らない。〈プスパム・プリサンティ〉なら〈花の滴〉の意味だけどと云う。それから〈プリシュティ〉は〈背中〉とか〈光線〉の意だから仏の〈光背〉の意に通じるかもねと云う。私は〈プシュパ・ブリシュティ〉という語の周縁にそれらの意味が明滅するのを感じてうっとりしていた。

サンスクリット語に宿る天地自然の神秘的な美しさに舞い上ってしまった。それにしても〈花の雨〉の意味は、どこから生じるのだろう。西岡氏の本にはたしかにそう書いてあるのだがと思っていると、もう一人の師匠である詩人の山本幸子さんから回答が来た。元の本をもう一度見て下さい。〈ブリシュティ〉なら〈花の雨〉の意味ですがと云われて、やっと気付いた次第。しかし誤解と偶然から生じた美しい意味の虹は一向に消え去らない。

（80号／2000・12）

江藤淳『昭和の文人』

江藤淳の『昭和の文人』は、中野重治や堀辰雄を論じた名著だが、そこに堀の〈古典主義〉についての主張が引用されていて興深い。以下はその孫引きである。〈ここで僕らの古典主義といふものを誤解されないやうに、僕は一つの比喩を語らう。一個の風船。それを一本の糸が地上に結びつけてゐる。その間、それはわれわれをあんまり感動させない。しかし、その糸が切られる。すると風船は、ひとり、美しく、空に上昇する。その時、われわれは深く感動する。そこに僕らの古典主義の原理がある。一つの作品が現実に糸によって結びつけられてゐる間は、そんなに美しくない。もっと美しくなるためには、その糸が切られなければならないのだ…〉（昭和五年四月二十八日付「帝国大学新聞」）

この比喩は、一見わかりやすそうでけっこうむつかしい。しかし明瞭なのは、堀が〈糸〉を切ること、〈地上〉〈現実〉との〈結び〉つきを切断することをもって最上の美となすと考えている点だ。フランスの象徴詩などもこの系統かも知れない。私はしかしその〈糸〉を切りたくない派である。糸の切られた風船の自由を思わないわけではないが、やはり現実を忘れるわけにはいかない。糸の切られた風船は、高尚な芸術になる。西脇順三郎の作品なんかはその典型だろう。どちらの道をめざすかは詩人の自由だが、〈高尚〉であることをもって最上とするような批評には断固反対したい。

（81号／2001・2）

一九九〇年代の変化

一九九〇年代になって、夜学の〈ワル〉にきわだった変化がみられた。昔の〈ワル〉は、潔よかったし、親も〈ごめいわくをかけてすみません〉と云ったものだ。夜学をやめる三年前の九五年に、廊下を単車で走る暴走族のリーダーを指導したことがある。目撃者に対しても、錯覚だ、写真とったか、証拠を出せ、人権問題だぞ、土下座して謝れなどと云いたい放題だった。親も息子を信じたいと云った。一般には知られていないが、退学・停学等の〈処分〉は、本人と親の納得を必要とする。〈よくわかりました。停学期間中よく反省します〉ということが、教育的指導の出発点である。教師と生徒の日頃の信頼関係に基づいて、通常は円滑にコトが運ぶ。しかし、ひとたび右の事情を知って、故意に悪用すれば、学校側は、その〈ワル〉を〈処分〉できないのである。こういう悪知恵の働く人間がふえている。ニタニタ笑い、突然怒って大声を出す。心の芯にあたる部分がこわれているとしか云いようがない。昔の人間味のあった〈ワル〉がとてもなつかしい。

一九九〇年代の高校生の親は、戦後生まれの戦後育ちである。戦後民主主義と消費社会に育っている。今の〈ワル〉の問題は、私にとって戦後の日本を考えることと同じである。日本の戦後は再検討されねばならない。問題生徒の出現の原因を考えるのに、右翼的思考も左翼的思考もない。ところで、右のテーマと詩の関係や如何。ここが又難問である。

（82号／２００１・４）

戦後日本の教育の再考

夜学をやめる前に出くわした暴走族のリーダーの事件を前号で記した。教育的指導の出発点は、停学、謹慎等の処分に対し、本人と親の同意が必要であることも記した。納得するまでとことん話し合わなければならないのである。話し合いで解決する精神は、憲法前文の〈平和を愛する諸国民の公正と信義に信頼〉することを前提としているようだ。三十年近く、問題はなかったが、一九九〇年に入って、やったことを率直に認めない悪質なワルが増え出した。否認すればトクだという情報を大阪中のワルが流し合っていると非公式に聞いたこともある。〈公正と信義〉が当てにならなくなったのである。教師はポラロイドカメラで証拠写真をとらなければ、訴訟されて敗れる時代になってきたわけだ。実際に大阪のある高校では、それを実行しているそうだ。笑うに笑えぬ話である。

戦後日本の教育は考え直さねばならない。〈ワル〉生徒は、自己中心の〈欲望機械〉で、消費文化という怪物に呑みこまれている。心の芯にあたるところが溶解していて、快楽的刺激だけを求めている。なぜこういうことになったのか。宗教心、道徳心、人間としての、日本人としての誇りが、どうしてなくなったのか。前総理の〈神の国〉発言や、教科書問題に、通り一遍の反応しかできない。大多数の日本のマスコミにも大いに問題がある。歴史の闇と光を、とりわけ、欠落していた〈光〉の部分を上手に回復しなければ、日本の教育は滅びる。

（83号／2001・6）

戦後教育の一期生

私は昭和二十二年に小学校に入学したので、戦後教育の第一期生といってよい。戦時下、薙刀を教えていた担任のT先生は、菫や蒲公英を摘んで花文字を教えてくれた。おだやかな〈平和〉な学校生活だった。二年前まで、戦争が続いていたはずなのに、先生たちの口から、戦争に関する話を聞いた記憶がないのである。村ではもちろん戦死者の出た家がたくさんあった。戦死者は、遺族によって手厚くまつられたが、学校では教師は、英霊にどういう態度をとるべきかを一切教えなかった。村の家々には悲劇があった。しかし、村の学校は、そのことと断絶し、新教科書によって、〈平和と民主主義〉の、新生日本をめざしていたのだ。

しかし、死者と断絶した生というものがありうるだろうか。歴史と断絶した戦後日本というものがありうるだろうか。これは占領軍の検閲の思想が狙っていたことと合致する。三十項目にわたる検閲指針をよめば、特攻隊を始めとして、国のために死んだ兵隊さんに、学校の教師が、公的な場で感謝や追悼のことばを述べることは、どこかヤバイことであったにちがいない。ヤバイ、あいつは右翼だといった条件反射的な反応は、占領軍の七年にわたる検閲期間中に、植えつけられたものである。

ために学校では、まずもって私がそうであったように、ごちゃごちゃ理由をつけて、結局は、戦死者を犬死扱いにしてきたのである。そのつけが教育の荒廃につながっていることはまちがいない。

（84号／2001・8）

伊藤桂一氏の戦争観

夢に現れた人の顔は、目覚めて後、思い浮かべることができるが、イメージとしてはでき上がってしまっていて、観察の仕様がなく、新しい発見が加わるという性質のものではない。しかし、現実に見たその人物の顔は、見れば見るほど観察の成果がつけ加わる。夢あるいは想像の世界は、完璧かも知れないが固定されていて、ある意味できわめて貧弱である。

それに比べて現実は、観察に耐える豊かさにみちている。今次戦争に対して、私たちは、化石のような、固定した、貧相な言葉による戦争観をイメージとして持たされてしまったのではないか。

そんな問題意識から、この夏、伊藤桂一氏から約十時間、延べ二日間にわたって、氏の戦争体験、戦中世代の敢闘精神、軍上層部への批判、加えて〈大国の襟度というべき国家的風格のあった〉かつての中国に対する思いなど、氏の戦争観を伺う機会を得た。こんな僥倖はめったにない。個人の戦争体験は、ジグソーパズル絵の一ピースにすぎず、それを完成して、戦争の全体が見えてくると氏はいう。戦記作家である氏は、その完成を目ざしているといってよい。記述が公平で、片よりがない。日本人の経験した戦争の光と闇が双方共に書かれている。

氏の戦記を読み、話を伺うことによって、特に日中戦争の真実に少し触れ得たかと思う。

貧弱な言葉で、数枚のピースで、ジグソーパズル絵としての戦争を語るまい。私は氏の〈光〉の部分の記述を、特に大切と考えている。

（85号／2001・10）

山田耕筰の「この道」

日本人の郷愁をさそう小学唱歌、山田耕筰の「この道」などが、音楽の教科書から次第に姿を消しつつあると産経新聞が報じている。〈心のふるさととして愛され、世代を越えて歌い継がれてきた〉から、私も残してほしいと願う点は同じだが、思いは大変複雑である。改めてこの唱歌を口ずさむと、大正・昭和の日本人が、いかに西洋への憧れを抱いていたかわかるのである。〈あかしやの花〉や〈白い時計台〉〈お母さまと馬車で行ったよ〉などという歌詞の世界は、大阪・南河内の私の田舎には存在しなかった。しかし、遠い何かへの憧れの心で、私たちは、粗末な木造校舎の教室で、先生のオルガンに合わせて、このやるせない歌を歌ったのだった。

それは、江藤淳がいうように、日本人の変身願望であったに相違ない。日本の皇室が、英国の王室を見習ったように。しかし昭和天皇に、洋服が似合わなかったように、日本人に〈洋風〉がピタッとくるわけではなかった。日本人には、日本人としての生き方があるはずだ。そう気づいたときに、山田耕筰の「この道」は、何とも悲しいのである。私たちの近代詩も、同じ問題を抱えてきた。『新体詩抄』が、天保年間に歌われたという、哀切と口惜しさに満ちた「天保飢饉瞽女くどき」や蕪村の「春風馬堤曲」といかに遠い所から始まったか。それほどに、西洋は憧れの対象であった。山田耕筰の「この道」のやるせなさを認識する所から、近・現代詩をもう一度考え直したいと思う。

（86号／2001・12）

学生たちの詩に希望

詩人の高齢化がいわれて久しいが、若い人が詩に興味を失っている訳では決してない。勤務先の近畿大学文芸学部・日文専攻の学生は、一学年に約百名いるが、本質的にはみんな詩が好きである。不幸にして、難解詩との出会いが重なったために、アレルギー症状をおこしている者もいたが、名詩を紹介すると治ってしまう。約百名のうち、二割の人が、詩の創作を卒業制作に選んで、私のゼミに入ってくる。ちなみに小説ゼミの方は、島田雅彦、奥泉光氏が担当していて、ここにも併せて二割ぐらいの学生がいる。

詩のゼミでは、お互いの作品を合評する。その成果が、卒業制作で、処女詩集として提出される仕組みだ。詩の創作ゼミの学生は、卒業時個人詩集とは別に、「Pure eggs」「Pure wings」等という題名のアンソロジーを出す。〈たまごをわるとき／かならず／二回　ノックします／／もしかしたら／雛になるはずのたましいが／かくれているかもしれないので〉（「確認」岩本真由己）

機知に富んだ詩があるかと思うと、「黒い媚薬」という名のドキッとする詩もある。〈瓶の口から溢れ出す／矢のような刺激の粒／苦痛に酔いしれる甘い舌と／躍動する全身の血液は／細胞破壊の誘惑に負ける／愛しい曲線を描く黒い媚薬〉（比嘉美奈子）はて、と考えこんでいると、頭韻を踏んでいて〈白夜祭〉と読める。夏至の頃の作品で、油断がならないのである。この才気ある学生たちが、私にとって詩への希望である。

（87号／2002・2）

嵯峨さんのこと

　なぜかわからないが、しばしば甦ってくる幸福な、なつかしい記憶がある。十五、六年前、私は夏休みなどには嵯峨さんに会いに上京し、その都度、柏の旧宅に泊めて頂いていた。二階建ての棟割長屋で、玄関からすぐ台所になり、次が居間兼ベッドのある寝室で、奥の南側が庭に面した書斎になっていて、家中本とモノがあふれていた。

　二階が私にあてがわれた部屋である。ある時、夜遅くまで話しこんで、朝目覚めたのが七時半頃であったと思う。嵯峨さんは起きているのだろうか。夜明け方に深い眠りがあると聞いていたので階下の様子を伺うことにした。しばしば甦ってくる記憶というのは、その時、階段を二、三段下りたところから見た室内の光景である。

　階下はしんとしていて、庭に出入りの自由な大きな窓のカーテンは光をはらんで、裏地がほんのりと明るい。夏の朝の光が小さな隙間からしのび込んでいるが、室内は全体としてまだ少し夜を残している。特に寝室の方はうすら闇で、どうやら嵯峨さんは、熟睡中の様子である。

本とモノと机の上の書類の山。その陰影。その静まりかえった室内の光景を思い出す度、あの頃、嵯峨さんはまだ生きていたのだ、なんと幸福な時間の中にいたのだろうと思うのである。それにしても、どうして階段から見たあの室内の光景が忘れられないのだろう。嵯峨さんとの思い出なら気の利いたものが他にもあるであろうに。人間の記憶というものは実に不可思議だと思う。

（88号／2002・4）

優秀作品

まだ二十一歳に過ぎない赤野貴子の卒業制作詩集『Individual Record』を読んで、現代詩は滅びない派にまわることにした。

編中の一篇、「やかん」は、夏の終わりに、大型スーパーへ、真っ赤で大きなやかんを買いに出かけるところから始まっている。

〈私がやかんをかいに行く間も／みんなが絶望したり、救われたり、食べたり、走ったり、泳いだりしている〉

昼過ぎの駅は人であふれ、それぞれの時間を過ごしている。

〈そんななか、私はやかんを買いにいく。／非難を浴びることを承知でいえば、私はそれは心からそれぞれであるということを愛している〉

やかんは4階のフロアにあったが、どれも〈ケトル〉と銘打たれている。

〈私は…ケトルと帰りながら、きっと家では、やかんと彼女が呼ばれるであろうことを思った。／母や恋人や友人に／そして人生とケトルと、それぞれであることについて夕闇のように考えは深くなった。／いま、どこかでたくさんの人が死んでいたり、悲しんでいたり／大きな星が生まれたりしていたんだとしても、私は帰ればお茶を沸かすのだろう／終わったり始まったりする世界で、ちいさな湯気が立つ／…〉

我々は他者とイコールにはなれない。他者に深く関心しても、〈帰ればお茶を沸かす〉存在である。しかし、これは他者に無関心であることとは違っている。作者のこのような世界観はすばらしい。

（93号／2003・2）

大阪文学館

三月二十八日、大阪市主催の〈大阪文学館構想にかかるシンポジウム〉にパネラーとして出席した。評論家の松本徹氏や国立文楽劇場の後藤静夫氏、大阪市大の、坂口弘之教授等と一緒だった。

共通の認識は、すでに書かれた作品を収集、展示する従来型の文学館ではなく、作品をうみ出す場を提供する文学館でもあってほしいという点だ。

たとえば短詩型文学の現代詩、短歌、俳句は、それぞれのジャンルにとじこもっているが、相互に交流する場があれば、互いに刺激を受けるのではないか。花なら花というテーマで互いに競作し、発表する場を提供するとか。大阪には、若者の小劇団が、なんと二百も三百もあるそうだ。劇団新感線は有名だが、劇空間NKボム、劇団しっぽ、劇団クルクルかんらん車など、聞きなれぬ小劇団がいっぱいある。今まで、それら若者の演劇活動を支えてきた扇町ミュージアムスクエアも近鉄小劇場も、オーナーの大阪ガスや近鉄の財政事情が苦しく閉館になった。文学館は、収集、展示するだけでなく、多目的ホールも作って、芸術にたずさわる旺盛なエネルギーをもった若者たちに創造の場を提供すべきである。もう高度経済成長はないのだから、水のきれいな、かつての〈西鶴・近松・蕪村〉を生みだした芸術の都として復活すべきである。〈朝霧や難波を尽くす難波橋〉〈朝霧や画にかく夢の人通り〉のあの大阪を。

(94号/2003・4)

〈永遠〉の時間

今から二十年も昔、若者が盛り場で、ナンパする時の言葉が、わが大阪の道頓堀では、〈自分、ひまか〉であるのに対し、東京では〈彼女、時間ある?〉であったと、初めて上京した夜学のワルガキどもが、卓抜な観察を語ってくれたことがあった。

岩波の古語辞典で「ひま」を引くと、〈ヒはヒビ(罅)のヒと同根。物の割れ目。マは間。空間的なせまい割れ目、すきまを指すのが原義〉とあり、転じて〈時間的・心理的な割れ目にもいう〉とある。

〈彼女、時間ある?〉の〈時間〉は、日常的時間の延長であるが、〈自分、ひまか〉と誘われて応じた女は、日常的時間の〈割れ目〉に落ちていく覚悟がいる。と約束上はそうなる。〈時間的・心理的な割れ目〉の深淵にあるのは、非日常的な時間であり、垂直の時間であるからである。その時間は、同人だった故・山下春彦の作品「夢の中」〈ひとは目を開けて／ながい夢をみる／ゆっくりと　夢をみる／／わたしも／八十年の歳月をかけて／ながい　ながい／わたしの夢を　おわる／／もっと　巨きな／誰かの／見涯てぬ　夢の中で〉の〈夢〉と結びついている。〈もっと　巨きな／誰かの／見涯てぬ　夢の中〉を流れている時間と同根である。これは永遠の時間と言ってよい。私は〈ひま〉を作って詩を書くが、それはこの時間にふれたいからである。〈彼女、時間ある？〉の時間しか書けない人は、道頓堀でナンパするのは無理かも知れない。

（96号／2003・8）

西日本ゼミナール

日本現代詩人会主催の西日本ゼミナールが、一月三十一日、森之宮のKKR・ホテルオーサカで開催された。担当理事として地味にやるつもりで、講演を二本用意し、ゼミナール本来のあり方を追求したところ、なんと、二百一名の参加者があったのには驚かされた。帝塚山学院大学教授の山田俊幸氏の『梶井基次郎と三好達治の周辺』、杉山平一氏の『詩と触覚』の学者と実作者兼評論家の組み合わせが良かったのだろうか。

特に杉山氏は、年末から体調を崩されていたが、講演原稿を事前に配布され、山田氏の梶井論を『檸檬』読解のキーワード〈触覚〉をテーマに、見事に受け止めて、しかも自説を展開された懐の深さには、大いに感動させられた。参加した人たちも満足した様子で、実行委員のメンバーもほっとしただろう。現代詩は衰微していると言われて久しいが、ある種の詩が滅びつつあるのであって、人間の心に感動があり、それを新鮮な言葉で表現したいという欲求がある限り、滅びるわけがないのだ。たとえば杉山氏の講演にあったチャップリンの『街の灯』のラストシーン、花売り娘の手が覚えていた、あの触覚によるみごとな描写を心がける限り詩は滅びないということだ。

十九、二十歳の若い人に芥川賞。詩の方面にも才能ある若き書き手がいる。ぼくのゼミにもいるが商業誌の怪電波に惑わされず、温故知新の精神でやっていけばいいと言っている。とにかくゼミナールは成功だった。ご協力頂いた方々に感謝します。

（99号／2004・2）

水上勉の良寛さん

二〇〇四年六月／１０１号

〈天保飢饉瞽女説〉という〈瞽女唄〉については、以前に作品に書いたことがある。

〈越後蒲原郡　どす蒲原で／雨が三年　旱(ひでり)が四年／出入七年／困窮となりて／新発田様へは御上納できぬ／田地売ろかや子供売ろか／田地や小作で手がつけられぬ／姉はじゃんか（天然痘）で　金にはならぬ／妹売ろとてご相談きまる／妾しや上州へ行てくる程に／さらばさらばよ　おとっさんさらば／さらばさらばよ　おっかさんさらば／まだもさらばよみなさんさらば／新潟女衒(ぜげん)にお手てをひかれ／三国峠のあの山の中／雨やしょぼしょぼ雉子ん鳥や鳴くし／（云々）／やっと着いたが木崎の宿よ…〉

後半は省略する。〈どす〉は人をののしるときに使う言葉である。生まれ育った土地への呪詛と考えてよい。越後蒲原の女が、売られていくのは、上州例幣使街道の木崎宿であった。『新田町誌』によると、新田町の木崎には、故郷の方を向いた越後蒲原出身の〈飯盛女〉の墓石がたくさんあるそうである。貧しい暮らしと土地を呪わねばならなかった娘たち。その彼女たちが、幼年の頃に、地蔵堂からさほど遠くない国上（くがみ）山五合庵に住んでいた良寛さんと、毬をついて遊んだことがあったかも知れないという水上勉氏の想像はすばらしい。この無邪気な子供たちも、やがては、村の女たちと同じように、もう少し大きくなれば売られていく運命にあるのだと良寛さんが知っていたとすれば、うたの趣も変わって見えてくる。

〈こどもらと手まりつきつつこの里に遊ぶ春日はくれずともよし〉

（101号／2004・6）

特攻隊員の写真

私の書斎机に幾人か生前親しかった人の遺影が飾ってある。そのなかにお会いしたこともなく、名前も分からない若い人の写真が一葉ある。家内の義理の母親が亡くなったとき、タンスの引き出しの奥に大切にしまわれてあったものだ。初婚の相手が特攻で亡くなったことは知っていたから、その人であることは間違いないと思われるが、名前も御遺族のことも知らないままに、そのりりしい特攻服姿の青年と、私はここ数年机の上で対面して暮らしてきた。

この青年と同世代のはずの故司馬遼太郎氏は、出征の時、自分は誰のために死ねるのかと悩んで、道端で遊ぶ子供たちを見て、ああこの子たちのためになら死ねると思ったという文章を読んだことがある。その子供たちとは私の世代だと気づいて以来、私は特攻の世代の人に、お礼のひとつも云っていないことが気になっていた。自分たちを守ってくれた人にお礼をいわないのは人の道にはずれている。私は机上の青年の名前や身元を知って、改めて礼を述べ、感謝し、合掌したいと思った。

それで、この夏、鹿児島の「知覧特攻平和会館」を訪ねたのである。千三十六柱の隊員の遺影と持参した写真の主とをひとつひとつ照合したが、ついに同一の人を発見することができなかった。係りの人に聞くと、丸坊主でなくて、短髪を頭の中央できれいに分けているのは海軍の特攻ではないかと云われた。それだと大隅半島まで行かねばならず、私はまだ宿題を果たさないでいる。

（103号／2004・10）

「ヨン様」騒動

韓国のテレビドラマ「冬のソナタ」の〈ヨン様〉ことペ・ヨンジュン氏（32歳）に対する中年の女性たちを中心とする日本のファンの熱狂ぶりには大いに考えさせられる。私は「冬のソナタ」というドラマはビデオで四巻まで見ただけだが、ドラマの主人公より、来日した一俳優としてのペ・ヨンジュン氏の表情や言動に―これは「冬のソナタ」の相手役のチェ・ジウという女優さんにも云えることだが―新鮮な魅力を感じた。その魅力の背景には、韓国と云う国、文化、教育、習慣等の集大成があるように思われた。

以前に昭和二十年上映の黒澤明の『虎の尾を踏む男たち』の義経役を演じた藤田進という俳優の顔に、いわく云いがたい戦前の日本の男の魅力を感じたことがあった。それと同じく、ペ・ヨンジュン氏の表情や言動には、特に宿泊先のホテル入口近辺でおこった事故に対する彼の対応ぶりを見ていると、一人の人間としての思慮深さや優しさを感じた。男らしい抱擁力というか、大人の男を感じた。日本の三十二歳前後の、バラエティ番組もこなす茶の間のアイドル的な人気歌手、人気俳優が、いかに顔立ちが整っていても子供っぽく見えるのは残念であった。人間の顔、表情、振舞いの一切は時代・社会と深いかかわりを持つことがよくわかる。戦後の日本は経済的に発展を遂げたが、失ったものも大きいことが〈ヨン様〉騒動を通して痛感させられた。

（104号／2004・12）

オレオレ詐欺

先日家内が流行の詐欺に危うく引っかかりそうになった。私の娘は東京で仕事をしているのだが、まず警察（尋ねると中央署だと云ったそうだ）から電話が入って、娘が携帯電話をしながら車を運転して、人身事故を起こした。歩行中の若い夫は死亡。妻は右足切断の大事故である。娘の供述に間違いがないか確認しますと、私の家の住所と娘の名前を云ったそうだ。本人と話せませんかと家内が云うと、〈娘〉が出て、〈お母さん、ごめんね〉と泣きじゃくった声が娘そっくりだったそうだ。本人は取り乱されていますと、こんどは弁護士が出て、この事故には多数の目撃者がいるので、マスコミが取材にくる。お嬢さんの一生にかかわるので、とり合わないようにと忠告してくれたそうだ。

このあたりで家内がぼくに電話を掛けてきた。〈えらいことになった〉と力を入れるので、ぼくはてっきり火の不始末かと思った。家内はしばしば鍋を焦がすのである。説明中に、こんどはＮＨＫの報道部である。次に再び弁護士が登場し、四十二日間の拘留で面会は許されないが、なんとか動きましょう。保険金からいずれ九割戻るので三百万用意して下さい。銀行まで何分で行けますか。そうですか、それでは十五分後に、私の方も交通局に行き司法書士の口座番号を聞いて、そこに入金できるよう手配しますと云ったそうだ。娘の携帯電話に掛け直せとぼくが指示して娘が出たからよかったが四人掛りでなかなか手がこんでいると感心した。

（１０５号／２００５・２）

〈調べて〉書く詩

〈僕は、詩というのは基本的に何もない荒地から書き始めるものだと思い込んでいる。調べて詩を書くことはほとんどない〉と谷川俊太郎氏が云っている。

昔、故安西均氏は、自分の詩は、誰かの引用に基づく詩が多いが、谷川さんはそうではないのでと、その天才をほめ、謙遜気味に自分の作品を批評されたことがあった。まだ酒は入っていなかったから氏の述懐の率直さに、私は改めて古代びとのような氏の人柄のよさを感じたが、同時に、即座に私は安西作品について谷川作品と並んで面白く味読、鑑賞している旨、申し上げたことがあった。本歌取りに見られるように、むしろ日本詩歌の伝統は、引用の修辞、〈引用の織物〉で成立している。〈引用詩〉は、調べなければならない。読んで、聞いて、調べて、歴史のなかの他者の声、人間の声を引き出さなければならない。それは名もなき人の声であるかも知れない。時代と格闘し、歴史に翻弄された人々の声であるかも知れない。それらの〈声〉〈言葉〉に重ねて自己の声を発することが、言葉の道としての日本の正統な詩歌の方法であった。

　第六回小野十三郎賞を受賞した渋谷卓男氏の『朝鮮鮒』に収録されている「広島へ煙草を買いに」などは調べて書いた作品の典型であろう。瀬戸内の伊予の辺りでは、それは死の忌み言葉であったという。原爆以後の広島に、広々とした静かな人里で、やすらいでいる死者のイメージは消えてしまったが、とうたうこの作品には、居住いを正すべき人間の声が交響している。

（106号／2005・4）

英国人とテレビ

五月十四日鹿児島で開かれた西日本ゼミナールは、実行委員長の高岡修さんの人的ネットワークの広さのおかげで、岡山、滋賀に続いて実に良い会になった。講師陣に詩人が加わるのはあたり前だが、今回は野村喜和夫氏と地元の村永美和子氏の講演の他に、王立英国建築家協会名誉会員賞受賞者で、その会の名誉会員でもある鹿児島出身の建築家・高崎正治氏（54歳）の〈言葉と建築〉という異色の話が聞けたのは有意義であった。天と地を結ぶ、つなぐものとして建築も言葉も同じでしょうと氏は御自身の設計した建造物をスライドで見せながらその共通点を種々指摘して我々の興味をつないだ力量に感心した。名誉会員ともなれば英国の鉄道はフリーパスだとか。しかしそんな特典つきの重々しい肩書とは反対に、実に気さくな人で、カラオケで陶酔的にうたう姿などは、実に親しみやすさを感じた。二次会で隣席になって、英国人とテレビの関係を聞かされた時は、ひどく反省させられた。

英国ではテレビを見て夜を過ごすということは大変はずかしいことだそうだ。英国人は夕刻四時に仕事が終わると、六時まで子供の相手をして、それ以降は中学生以下の子供は自宅に閉じこめて、夫婦揃ってオペラだのパブだのに行って、大人たちの夜を過ごすそうだ。自宅でテレビを見ている者は、〈変質者か下層民ですよ〉と笑いながら一寸刺激的に云われて、妙に得るところがあった。それで家に帰って、さっそくテレビ好きの家内に忠告したが、余計なお世話だと云われた。

（107号／2005・6）

カラオケ三昧

イギリス、エジプトと無差別テロが続く。犠牲者の中にはイラク戦争反対の人もいただろうに。テロの論理はよくわからない。一般市民を巻き添えにした米国の戦争のやり方も一般市民を隠れ蓑に使ったあの国の権力者の考えもわからない。醜悪きわまりないものが互いに正義を主張している。いずれ日本もやられるのだろうと思うとまことに憂鬱である。七月の授業終了時に、ゼミの学生たちが、ミャンマーへインターンシップで日本語を教えに行きますだの、釣り部の部長が、今夏は四万十川で釣り三昧ですなどと元気に去って行ったのが、なんとも明るくさわやかであった。
授業が終わって、入試問題の作成に入るつかの間の夕凪ぎのような時間に、卒業生たちと会う約束をすることが毎年ある。今夏は梅田の佐勘という居酒屋で、最後の稲庭うどんを楽しみに一杯やった。集まったのは、来る予定の男の子が仕事の都合で来られず、女性三人、ぼくは聞き役で、充分ホストの役目を果たした。あとはコーヒーでも飲んでお開きにしようと思っていたら、コーヒーはカラオケで飲めるから先生カラオケに行きましょうよということになった。金曜日で三軒目の店が時間待ちなし。カラオケは久しぶりである。以前家族で行ったとき、家内が、ウタはそんなに感情をこめてうたうものでないとぼくに忠告したことがあったので、ぼくは滑り出しはそれに従っていたが、いつの間にか家内のことなど忘れた。忘れた方がはるかに気持よいこと受け合いである。

（108号／2005・8）

マンフェ・フェスティバル

八月の十日から五日間、韓国の萬海（マンフェ）財団主催の「世界平和のための国際的な詩の祭典」

に招待されたので出かけた。

萬海は僧名で、俗名は韓龍雲（一八七九～一九四四）。日本の統治時代に、「愛の沈黙」という作品で、恋愛詩に託して、祖国への愛をうたったレジスタンスの有名な詩人である。韓国では日本と違って、僧侶であって詩を書く人が実に多い。今年は解放六十周年を記念して、世界四十カ国、六十余名の詩人を招待して、大規模な催しをやることになった。経費はすべて寺院に集まる浄財だそうである。

〈平和〉に関する詩の朗読とシンポジウムの他に、「萬海平和賞」の授賞式典があった。詩祭は宿泊先の新羅ホテル、萬海村のバクダム寺、北朝鮮の金剛山麓のホテルの三箇所。運営はソウル大の先生と学生が動き、日本では考えられない韓国社会の詩に対する情熱に深い感銘をうけた。

十一日は韓国の詩人の朗読会と宴会。十二日はソウルからバスで四時間、萬海村に行き、平和賞の式典に参加した。受賞者は、ダライ・ラマ十四世と、一九八六年にノーベル文学賞を受賞したウォレ・ショイニカ氏（ナイジェリア）等。萬海平和大賞は、韓国で最も権威ある賞のひとつだそうで、当日入国できなかった十四世のメッセージは次のごとくであった。〈チベットの一介の僧侶である私にこの賞を授与し、皆さんは我がチベット人を希望で満たしました〉。十四日、最終日、シンポジウムに出た私のスピーチは、船室に載せました。韓国の関係者に心から感謝します。（「〈沙羅〉という語の恩寵」二一八頁）

（109号／2005・10）

五木寛之氏の講演を聴いて

五木寛之氏の「暗愁のかなた」という講演を聴いて、大変感銘を受けた。「暗愁」という言葉は、私の大阪市立大学時代の恩師である小島憲之先生の名著『ことばの重み』によって有名である。その本によると「暗愁」は「何という理由もなく起こり来るうれい、そこはかとない心のうれい」だとある。「暗愁の語は、中国人ならぬわが明治びとの好んだ詩語。やがてそれは小説の用語としても明治・大正と生き続ける」ともある。五木氏は特に戦後の日本で、この語が使われなくなったことの理由について言及し、戦後の日本人、あるいは日本の戦後について問題を提起している。現代人は、こころに愁いを持ち、こころが萎える、あるいは気が塞ぐような状態になると、すぐ精神医にかかったりするが、それは果たして病気だろうか、と氏は言う。時代や社会の外部状況の暗さを反映して、故知らぬ愁いが生じるのは、むしろ健全なことではないか。
　故知らぬ愁い、故知らぬ悲しみのこころは、韓国では「恨（ハン）」、ロシアでは「トスカ」、ポルトガルでは「サウダーデ」と言い、人間が生きて、成長を遂げるには大切な感情であると言う。どんなに明るくすこやかなこころにも、ひとはけの悲しみが漂っていなければほんものではない。同時にまたどんなに暗く悲しいこころにもひとはけの明るさがなければそのこころは本物ではない。戦後の日本人にはそういう陰翳、美学がなくなってしまった。私は氏の講演をそんなふうに聞き、詩作品の構造と美学について、改めて種々のことを考えさせられた。

（110号／2005・12）

蕪村「澱河歌」新種

　講談社の『蕪村全集』四巻の冒頭に、「蕪村筆『澱河歌』扇面二種」として、扇に詩と絵を描いた色刷りの二枚の写真が掲げられている。一枚は、浪花に帰る男と、別れを惜しむ女が描かれ、もう一枚は舟に棹さす男が描かれていて、特に後者の書と絵のハーモニーの美しさは絶妙であるのだが、私の驚きは、それのみならず、扇面に「澱河歌夏」「澱河歌春」と題する二作品が並んでいる点にある。要するにそういう蕪村筆の扇が発見されたのである。

「澱河歌春」は、〈伏見百花楼ニ遊ビテ、浪花ニ帰ル人ヲ送ル。妓ニ代ハリテ〉と詞書があり、〈春水梅花ヲ浮カベ、南流シテ菟(と)ハ澱(でん)ニ合ス。錦纜(きんらん)君解クコト勿レ。急瀬(きふらい)ニ舟電ノ如シ。菟水澱水ニ合ス。交流シテ一身ノ如シ。舟中願ハクハ寝ヲ同(とも)ニシテ、長ク浪花ノ人ト為(な)ラン。…〉である。この詩句はおなじみだが、発見された扇面には、これが〈澱河歌春〉となっている点である。〈夏〉の詩の方は〈若たけや橋本の遊女ありやなし〉である。つまりこの新発見の扇によって、全集の編集者がいうが如く、蕪村は淀川の四季をうたう構想を持っていたということになる。〈秋〉〈冬〉の作品は今の所発見されていない。未完であったのかも知れない。ここからは一読者である私の勝手な想像だが、「澱河歌秋」は〈朝霧や難波を尽す難波橋〉でなければならない。さて〈冬〉の句はいかにと、水に流れていった人の世の物語を、淀川の小さな叙事詩を、蕪村句に導かれて、想像することほど冬の夜長にふさわしいものはない。

（111号／2006・2）

野球世界一の新聞報道

ワールド・ベースボール・クラシックでの王監督率いる日本チームの優勝には感動した。特に日の丸を背負って戦ったイチローの言動はドラマチックで僕の心の中に息づく愛国心を大いにゆさぶった。四年間六十二億円の松井選手は、たんなる個人的な成功者に過ぎず、すっかり色あせて見えるのが不思議だ。

僕は翌日の新聞を全て買って読んだが、愛国心について朝日と読売が対照的な書き方をしていてまことに興味深かった。朝日の社説。〈イチロー選手が引っ張り、途中から開き直ったかのようにまとまり始めた日本のたくましさには感動した。…ナショナリズムを超えて野球に敬意を払うべきだという意識が、グランド内外で共有されているのを感じた〉読売の社説。〈国旗を背負い、真剣勝負で臨む野球の面白さを、日本中のファンが堪能したことだろう〉読売は一面の署名入りの記事でも〈敗れた試合の悔しさ、勝った喜びを最も感情豊かに表現したイチローは「日の丸を背負う重みを感じて戦いたい」と言い続けた。日本だけではない。韓国は「国」を背負うことへの意識がさらに強かった。各国のファンたちも同じだった。野球で初めて、ナショナルフラッグの重みを感じさせる大会が誕生した〉僕は読売に軍配をあげる。テレビを見ながら僕はきわめて自然にナショナリストであった。各国の選手もファンもそうであった。〈ナショナリズムを超えて〉野球を面白がるのなら第一世界大会など意味がないではないか。朝日の社説は水っぽい。どうも観念的でリアリズムに欠けている。なぜだろう。

（112号／2006・4）

三好達治の「雪」

数年前、大阪市大産婦人科部長の某先生が停年を迎えて、絵を描きたいという若き日の夢を実現するため近畿大学芸術学科三年次に編入学されたことが話題になった。私立の病院からの種々の誘いを断って絵を学ぶ一学徒になられたのだから、我々教員の方もそのロマンに大いに驚かされた。編入試験の成績表の英語だか独逸語だったかに満点の数字の記入があったので、合否判定会議の席上誰かが質問したところ、学部長がみずから勝手に数字を書き入れたということであった。入学後、某先生はとても熱心で、夏休みも登校されて絵を描くことに没頭されていた。桃谷容子の病状についても相談にのってもらったことがある。

今年また内科の先生が今度は古典詩歌を勉強するため、大学院に入学された。台湾から見えた李さんである。五十半ばまで開業医だったが、もう充分社会人としての責務を果たされ、好きな日本の和歌を研究したいと医院をたたんでの訪日である。李さんは和歌は世界最高の詩だという立場である。古典詩歌はもとより、日本の近現代詩についても勉強するべく僕のヘボ講義も受けておられる熱心な学生である。ところが困ったことがひとつあるのだ。李さんはたいへんな議論好きで、先日も三好達治の「雪」について、太郎次郎は殺され、屋根＝墓の上に雪が降り積もる、残酷にして美しい無常感の表現だと主張して譲らない。僕が日本人の自然観や日本的心性について縷々説明しても、首をかしげて患者の訴えに得心のいかぬ医者の顔をされるのである。

（113号／2006・6）

第29回山之口貘賞

今年から山之口貘賞の選考を引き受けることにした。選者は三人で、天沢退二郎氏と与那覇幹夫氏。与那覇さんは傑出した詩人で、今夏、『鶴よ（チライ）―46億年の神歌』というすばらしい詩集を出している。この賞は沖縄出身者か沖縄在住者でなければ資格がなく、従って対象詩集は多くないが（今年は七冊）、そのかわり共通しているのは、どの詩集からも沖縄の匂いがすることだ。本文からも行間からも、沖縄の海や空の色、光や風のきらめきのようなものが、それらをたっぷりと吸った生活や文化のありようと、その陰翳が感じられるので、沖縄好きのぼくとしては、たまらない魅力である。

アリゼ同人の飽浦敏さんが、詩集『星昼間（ぷしぃぴろーま）』で、第20回貘賞を受賞した時、ぼくは受賞式に出席している。御家族や一族の人たちの慎しやかな喜びの表情など今に忘れがたい。それに琉球新報社が、新聞の第一面で授賞式を報ずるなど、詩に対する熱の入れ方もうれしかった。今年第29回の受賞は、岡本定勝氏『記憶の種子』である。ぼくは念願の沖縄に出会えて満足している。冒頭の作品「少年期」を引いて終わる。

〈あらゆる色の空が与えられていた／輝く陽や海や島影は永遠のものだし／少年のたましいは／ひたすら光と雨のシャワーを呼吸した／傷つき悔しさにうつむいても／潮に洗われ／白浜の貝のように砕かれみがかれて／千年の砂粒とひとつになった／そうして／精霊たちの夜をくぐり／新鮮な朝に目覚めた〉

（114号／2006・8）

〈記号詩〉への危惧

送られてくる詩集に、けっして稚拙ではないのだが、意味不明の詩集がある。言葉を高等数学的に扱っているので、〈上手〉と云うべきかも知れないが、心に深く届く所がない。自分の非力、無能を嘆くこともあるが、それを棚上げして、このような難解さの出所について折々考えることがある。難解詩は、戦後詩の特色の一つと思うが、私は、田村隆一の「四千の日と夜」も吉岡実の「僧侶」も、大好きである。凄いと思うし、私の感受性に届くものがある。言葉の意味より深く私の心身に届くものがある。

〈一篇の詩を生むためには、／われわれは殺さなければならない／多くのものを殺さなければならない／多くの愛するものを射殺し、暗殺し、毒殺するのだ〉こういう言葉には、敗戦を境にした時代、社会の激変と転換を、自らの心身の劇として受けとめた詩人の精神の反映がある。この逆説の言葉には、詩人の強い決意がある。言葉が詩人の身体（からだ）をくぐっていると感じる迫力がある。しかしもし前記二人の詩人の作品の表層、スタイルだけをマネしようとするなら、言葉はたんなる記号と化する。言葉が、もし身体を、生活を人生をくぐらないで、ブラインドタッチのパソコンから生み出され、結合と離反と増殖を繰り返して、一篇の作品が生まれるとしたら、これは〈言語派〉というより〈記号派〉の詩人というべきではないか。書き手も、読者も、記号詩を愛好するようになったら、現代詩もおしまいである。切に杞憂であることを祈る他ない。

（115号／2006・10）

河内の国磯長村

お彼岸に久しぶりに実家に帰って、墓参りをした。田舎道をぶらぶら行くと、いつの間にか意識の箍が外れてしまって、子供のころの時空を歩いていることに気づくのであった。

農家の前を流れる小川の幅は狭くなり流れも乏しいが、どうかすると水勢豊かな水辺に下りて野良着姿の農家の女性が洗濯をしたり、鍋を洗ったりしているかのような錯覚を覚えるのだった。あと二年で僕は定年を迎えるが、自由解放の身になって、のんびりふるさとを歩くのも悪くはないなと思った。

僕の少年時代といえば、昭和二十年代である。貧しく、ひもじい時代であったようだが、比較する術がなかったので、僕は子供時代を十二分に満喫していた。大和から見ると太陽が沈む二上山の西側、河内の国磯長村がふるさとで、大和から見ると、そこは、黄泉の国であったのか、天皇陵が多く、樹木と起伏に富んだ土地で、従って遊ぶのに事欠かなかった。

聖徳太子の菩提寺である叡福寺の大伽藍と裏山は散歩道で、広大な裏山は、敗戦後、葡萄山に開拓された。隣村に壺井村があり、河内源氏発祥の地で、頼信、頼義等源氏三代の墓があって有名だが、その村に壺井のマッカーサーと呼ばれた極道がいた。

そのマッカーサーと、僕の将棋敵だった十六歳年長の戦争帰りの、アナーキーだった散髪屋のあきちゃんが葡萄山で天下分け目の喧嘩をして勝ったのである。あきちゃんは近郷の村々の若い衆の英雄で、僕はお陰で村中のワルと面識ができた。少年時代のかつての英雄も今は僕の求めに応じて喧嘩と博打と女の懐旧談に耽る好々爺である。

（116号／2006・12）

内面への旅

〈――夜熟睡しない人間は多かれ少なかれ罪を犯している。彼らはなにをするのか。夜を現存させているのだ〉

タブッキの『インド夜想曲』はブランショの右の言葉を配して始まる。インドで失踪した友人を探すイタリア人の話だが、友人の痕跡を求めて、ボンベイ、マドラス、ゴアの三都市を旅しながら、重層的なインドの奥深さに触れていく。雑踏、ホームレス、深夜の駅が宿泊所になる貧しさ、現世と未来の予言をする旅回りの畸形の子供。貧民窟、売春宿、病院、神智学協会、高級ホテル等を舞台にしながら、小説の雰囲気はいつの間にか怪しげになって、主人公は、友人を探しているのか、自分探しの旅をしているのか、わからなくなる。読者はインドの混沌に併せて、人間の意識の深い所を旅しているような気分に誘われる。小説全体が〈夜を現存させている〉のだから、あらゆる幻想が可能なのだ。失踪した友人とは、ユング心理学でいう主人公の影かも知れないのである。
この小説に出会って以来、私もというか、私の影もまた、まだ行ったことのない〈インド〉を旅していることに気づく。サーラという言葉の深層を探し求めて。〈人間はサーラの花の散る宇宙を旅しているのだ〉と書いたことがあるが、宇宙とは内面宇宙のことかも知れない。花が散るのは、枯れることではない。花のいのちがあふれて散るのである。散るというのは新しいいのちがあふれて、こぼれることをいうのである。幻想の世界の方が、現実よりいきいきして見えている人間というものは、たしかに罪を犯しているのかも知れないのだが。

（117号／2007・2）

沙羅再び

水の森水生植物園に沙羅の花が五分咲きだというので出かけた。沙羅の写真は、かつて織田喜久子さんが送って下さった白い夏椿の花（京都の寺ではこれを沙羅と言っている）と学生が平家物語のレポートで添付してくれたフタバガキ科の本物の沙羅とを所有している。写真で見るかぎり露を含んだ夏椿のほうが美しいが、京の寺で実物を見て、熱帯樹の命あふれる強さがないと思った。気候がちがうので、フタバガキ科の実物も日本的沙羅であるに違いない。あらかじめ失望しないこころの用意をして出かけた。

予想通りひ弱な印象は否めなかったが、でも温室の天井に届くぐらい細いが高く、小さな白い花を精いっぱいつけて、私を迎えてくれた。馬の耳のような大きな葉の茂みに、花芯は淡い黄色だが、全体としては白い花で帯状に鈴なりに咲いている。温室なので風は吹かない。強烈な日差しを浴びて葉が風に鳴る、生命の横溢する野生の感じはなかったが、この日本でよく咲いてくれたなと感謝したい気持になった。夏椿のような優雅さはないが、純朴な田舎の少女のような、自然な美しさが感じられた。

香りを嗅ぐと、甘く眠りに誘われるようで、バリ島かどこかアジアのホテルでこんな香りのなかで眠った気がした。帰りの車中で眼を閉じると、不思議なことに私の沙羅は、今しがた見てきた実物の花とは無関係に宇宙の闇を滑っているのであった。新しい命があふれてこぼれ落ちるように、たえまなく、その流れは眼に見えぬ河というべく、花の香りを湛えて流れているのであった。

（118号／2007・4）

若冲展を観て

京都相国寺で開催されている「伊藤若冲展―釈迦三尊像と動植綵絵」三十三幅を見た。若冲は一七一六年、蕪村と同年の生まれで、六十八歳没年の蕪村より十年ほど長生きしている。二人とも〈華美繁華〉で享楽的な、十八世紀後半の田沼意次の治世を生きたのである。

京都錦市場、青物問屋の長男として、二十三歳から十四年間、家業に専念。後、弟に家督を譲り、妻も娶らず、肉食せず、生涯好きな絵に没頭した。禅宗の名刹相国寺の大典禅師に帰依しながら、なぜ侘び、寂びの水墨画でなくて鮮烈極まりない色彩豊かな絵を描くことが出来たのか。

ぼくには謎であったが、今回、釈迦三尊像を真ん中に、その左右に十五幅ずつの、色彩鮮やかな動植物の天地に満つ豊饒を配した構成を見て、疑問は少し解けた気がした。こんな豊かな色彩を持つ仏像をぼくは今までに見たことがない。仏像のこの彩りこそこの世の輝きそのものであって、左右の〈動植綵絵〉は、その展開としての、天地自然の命の具象の輝きであったのだ。

群蝶、群鶏、群雀、群魚、群貝、群華。市場の棚に並べられ、堆く積まれた、野菜や果物、魚介の類を見て育った彼は京町衆のブルジョアジーの感覚の持ち主であったとも言えるが、現世即浄土、山川草木鳥獣虫魚、悉皆念仏の仏教思想が背後になければ描けないだろう。若冲の鶏は美しさと猛禽の恐さ、奇怪さ、が同居している。稀代の観察家、若冲が生物を観察する目で、女を見なかったと誰が言えよう。彼が女の美しさを十二分に知悉しながら、結婚しなかった理由がわからないではない。


（119号／2007・6）

沖縄の風景

〈唄は私に住む冬の光／一族の老婆は即興で歌い舞う／手甲の針突（ハジチ）が／ふわり／アゲハになる村があった〉

第30回山之口貘賞を受賞した仲村渠（なかんだかり）芳江詩集『バンドルの卵』所収の「蝶の島　アゲハ」の全行である。針突とは、この場合、女性の手の甲に施された蝶の刺青のことである。

久米島出身の作者の遠い記憶が、作品の核に潜んでいる。揚羽蝶は、本土でも神さん蝶とよぶ地域があるが、沖縄では、蝶は神の化身だそうだ。人生の苦界を生きた一族の老婆が手振りよろしく歌い舞うとき、守護神である神々も共に舞うのである。タイトルポエムの「バンドルの卵」は産土久米島の国生み、国造り神話のような趣である。旺盛な珊瑚（バンドル）の産卵によって、久米島が生まれたように、女たちの旺盛な生命力によって、久米島は造られたとうたう。その土地を深く経験した人でなければ書けない想像力豊かな好詩集である。

七月二十七日が授賞式で、ぼくは、選考委員として、選考経過を述べる役割もあって、式典に参加した。アリゼ同人の飽浦敏さんの受賞の時もそうだったが、琉球新報社のホールには、受賞者の一族や友人、高校の同窓生がたくさん見えていた。花束の数も本土では考えられないほど多い。新聞の扱いに至っては、第一面と文化欄にでかでかと載るのである。沖縄はウタに熱い国だと思う。ウタを愛する、ウタびとを尊重する気風がある。隣国の韓国もそうだったが、なぜ本土の日本だけは、詩を敬遠するのだろう。社会の責任か詩人の責任か。とにかくぼくは、本人はもちろん周りのもの皆が喜びに沸く山之口貘賞の授賞式の風景が大好きである。

（120号／2007・8）

名編集者

「詩学」が廃刊になったそうだ。思い出多い詩誌だったので残念である。詩学といえば、まず嵯峨さんの顔が浮かぶ。ぼくらはみな嵯峨さんに育てられた、そう思っている詩人は多いだろう。嵯峨さんは大変優れた詩人であったが同時に優れた編集者だった。良い書き手を発見し、育てることに熱心だった。

嵯峨さんはよく手紙を書かれた。嵯峨さんからもらった手紙や葉書にぼくらはどれだけ、励まされたことだろう。初めて詩学に「大阪人」というエッセイが載ったときの感激は今もまざまざと思い出すことができる。五、六枚程度の短い原稿に、ぼくは無い知恵を絞って徹夜した。〈これはもうプロだなという感じ〉という嵯峨さんの過褒な返信に、うれしくて舞い上がってしまった記憶がある。その後しばらくして、同じ〈大阪人〉というテーマで、半年間、連載の仕事をやってみないかと打診された。

その頃、ぼくは上京の度、本郷の詩学社を訪ねるのが常で、嵯峨さんと二人でどこかへ出かける途中だったと思う。バスか、電車の中であったたか、隣の席の嵯峨さんが三十枚云々とこともなげにおっしゃるのを、武者震いしながら聞いた覚えがある。幸いこの連載は好評で、嵯峨さんはもう少し続けないかと言ってくれたが、完全燃焼してぼくの頭の中はもう空っぽだったのでおろしてもらった。

嵯峨さんが読むと思うと、詩の注文にも全力を上げたものだ。ぼくにはその能力も時間もないが、嵯峨さんのような編集者がいたら、地方で埋もれている詩人はどれほど力づけられるだろう。ぼくらはみなXに育てられた。そういわれるような名編集者よ、世に出でよ。

（122号／2007・12）

舎弟の面目

実家の前が床屋で、そこに少年時代の憧れであった、あきちゃんという極道がいたという話は以前に書いた。昨年の冬に、実家に帰って、夕方、バス待ちの時間を利用して、床屋に顔を出した。もう八十歳を過ぎたあきちゃんは、まだなじみ客相手に散髪をしている。姉さんを早くに亡くしてやもめ暮らしの店内は雑然として、なんだか侘びしそうである。

ここ十数年の間に、喉、肺、胆のう、腰の手術を繰り返した。悪運強く生き延びたと思うが、さすがにもうあっちの方は役立たずになった、それが残念だという。ぼくの年齢を聞き、その頃はまだ元気だったと、逆にぼくを激励するような感じであった。

暖かくなったら、ぜひどこかで飯を食べようよ。そんな約束をして、春先、電話を入れた。会席は性に合わない、富田林のふぐ政でふぐを食べたいというので早速予約を入れた。数日後、家に電話が掛かってきて、なつかしそうに、姉さん、姉さんといわれて俠客の妻になったみたいだったと応対にでた家内が可笑しそうである。用件は、ふぐのシーズンが過ぎたので、博打で馴染の新世界の土手焼きに変更したいというのであったが、じゃんじゃん横丁は、ぼくのほうが不案内である。

やはりふぐ政にしようということに決定した。ぼくは、電車を乗り継ぎ、富田林駅のプラットホームであきちゃんを待ち、フルコースを食べ、多いに語りあった。あき兄いはふぐは何年ぶりだろうと満足そうである。ぼくは舎弟として面目を施したのである。別れ際に、上背のあるあきちゃんが、背筋を伸ばし、頭を下げ、ありがとうといったのは、高倉健みたいでかっこよかったな。

（123号／2008・2）

良寛さん

午前十一時に東京を発って、新幹線で長岡に行き、観光タクシーで、良寛さんの生まれた出雲崎の町を見て、国上山の五合庵についた頃は、午後の四時をまわっていた。三月半ばで雪はなかったが、風は冷たく、よくぞまあ、こんな所で五十九歳まで二十年もの長い歳月を送られたものだとため息がでた。

良寛さんに関心を抱いたのは、五年ほど前、私のゼミ生の幸元佑平君に修士論文で、越後瞽女唄の一つ「天保飢饉瞽女口説き」を精査するよう指導してからである。

この唄は、越後蒲原出身の娘が、山向こうの木崎宿に売られていく悲しみと悔しさをうたっている。木崎宿には若くして死んだ蒲原郡地蔵堂出身の飯盛り女の墓がたくさんあること、良寛さんの鞠つき唄〈霞立つ長き春日を子供らと手毬つきつつこの日暮らしつ〉〈この里に手毬つきつつ子供らと遊ぶ春日は暮れずともよし〉は、地蔵堂で歌われたことなどがわかってきた。

この地域は、飢餓の地方といっていいだろう。信濃川の氾濫を防ぐために水流をふたつに分けたので、今は分水町と呼ぶが、洪水、旱魃にしばしば見舞われたこの土地では女子は間引かなかったという。そういう村で托鉢し、食べ物をもらう良寛さんは、村びとの苦しみ、悲しみをよくご存知であったろう。

だから、鞠つき唄は、平和で、のどかな農村の象徴などでは断じてない。売られていく娘の、親の、この地方の、この時代のはらむ悲しみをうたったうたである。〈君看よや双眼の色、語らざれば憂ひなきに似たり〉明るい鞠つき唄には良寛さんの深い悲しみが沈んでいる。

（124号／2008・4）

ある夜学生

今年の二月に母と兄を立て続けに亡くしたと云う野上芳秀君の早口の声を電話で聞いた時は驚いた。母はスキル性の胃がん、うつ病の兄は、母親の葬儀のあと、自殺したという。八十歳の父親は三十年近く入退院を繰り返している。本人は現在、和歌山で鍼灸の小さな医院を開いている。夜学の卒業生で、もう四十六歳。彼自身は腸に次々原因不明の潰瘍のできるクローン病である。固形物は食べられない。栄養を管で腸に流し込んで摂取する他なく、患者の数を制限しながら診療を続けている。夜学生の頃、まだ発病はしていなかったが、身体の強くない野上君は将来を考えて、鍼灸の道を志した。その時たまたま私が鍼灸専門学校への入学を手助けしたことがあった。

それ以来の付き合いである。国家試験にも合格した卒業時には、我が家を訪れ、身につけた整体術を施してくれたこともある。父親は石原アスベスト鉱山の抗夫であったが、野上君の中学卒業時、心肺に霧状のアスベストがたまって働けなくなった。それで彼は、家族を支えるべく、大阪の鉄工所に就職し、夜学に来たのであった。典型的な夜学生である。苦労が絶えないが、本人は慣れっこになっていて、病気の性で身体の調子に波があり、38度位の熱が続いても、休診にはしないという。人生には、それぞれに意味がある。しかし野上君は、凡夫の私などと違って、特別の意味ある人生を送るようにこの世に生まれてきた人のように思われるのである。何故か意味を深めることを命じている力が働いているような気がするのである。

（125号／2008・6）

木津川計さんと「夜学生」

前号で、夜学の卒業生の野上芳秀君について書いたところ、木津川計さんが、七月九日のＮＨＫ第一放送で取上げて、全文を朗読してくださった。以前にも二、三回、夜学生の詩を朗読してくださったことがある。木津川さんは、関西では、上方文化の守護神のような存在で、「上方芸能」の編集と、執筆活動で、菊池寛賞を受賞されたこともある。大阪の某ホテルで開かれた受賞式には、桂米朝をはじめとする人間国宝が、何人も顔をそろえ、千人近い出席者で会場があふれた。なにより驚かされたのは、出席者名簿に、各自のプロフィールが、三行ほどで紹介されていたことである。木津川さんの執筆であることは一目でわかったが、全員の紹介記事を書く労力と細やかな気配りには唸る他なかった。

氏は、立命館大学産業社会学部の教授でもあった。ご著書はたくさんあるが、〈国民的人気を獲得する文化の根底的な条件〉を分析した『優しさとしての文化』というご本には教えられることが多い。映画、アニメ、漫画、漫才、喜劇、詩歌について分析し、根底にあるのは、優しさと細やかさであるという。

木津川さんは、杉山平一氏の名詩集『夜学生』が大好きで、その繋がりでぼくの作品にも言及して下さるのである。野上君に報告したところ、何よりも生きる支えになると言ってくれた。クローン病の他に八つの病気をもつ彼が診療を続けるのは奇跡に近い。〈熊野灘の海に近い小さな診療所。白衣を着た痩身の元夜学生に、私は生涯無縁であった異国の神を垣間見ることがある〉。これは、ぼくの正直な感想である。

（126号／2008・8）

若い頃の読書

勤務先の大学で文芸学部創立二十周年記念行事として、全国の高校生を対象に、文芸大賞を設け、短編小説とノンフィクションの両部門で、公募することになり、その宣伝のシンポジウムに出させられた。大勢の高校生を相手に、「言葉に飢えていた時」というテーマで話さなければならない。それで、おのずと、五十年以上も昔の、中学・高校時代を振り返ることになった。

昔のことを思い出して、驚かされたことが二つある。そのひとつは、高校入試が終わった当日に、三十枚ほどの小説をほとんど徹夜で書き上げたことは、ずっと覚えていたのだが、高校の文芸雑誌に二回に分けて載った、その「阿芙蓉」という題名の、ガリ版刷りの作品を、五十何年ぶりに読み返してみて、なんて、へたくそだろうと思ったことだった。ぼくの頭の中では、若くして、名作を書いたつもりでいたからだ。ただ、その頃、好きだった一年先輩の女の子とおぼしき女性が登場し、尼さんになって旅立つくだりは、若き日の懊悩の浄化かと思えて、可笑しかった。

あとひとつは吉川英治の三国志を耽読したことである。読了したときは、もう続きが読めないので、空を仰いで慨嘆したものだ。高校生になって、井上靖の詩集「北国」に入れあげたお陰で、三国志のことなど、すっかり忘れてしまったはずだったが、大学の卒論に「平家物語」を選んだところをみると、時間と人間（集団）の関係―永遠の時間と人間存在のはかなさ、そういったテーマを好む性癖は、どうやら三国志という作品のエキスに根があったのだと思う。若い頃の読書畏るべし。

（127号／2008・10）

雨晴という駅

倉橋健一氏が朝日新聞の「詩集を読む」というコーナーで拙詩集『フィリップ・マーロウの拳銃』所収の「雨晴という駅」について、次のような文章を書いて下さった。

〈雨晴とはなるほど変わった駅名だ。と思って時刻表の地図を見たら、たしかにあった。能登半島の東岸、富山湾に面した氷見線という、高岡から出ているぜんぶで八駅ほどのローカル線にある小駅。それだけで鄙びた感じが漂い、北陸だけに冬がよく似合う感じになる。この点さすがベテランらしくこの駅名にこだわって、そこに行方不明だったひとを登場させるなど、小さい物語を構成した。ともあれ生涯たったいちどだけ姿をあらわすにうってつけの、かぼそさいっぱいの小粋な名をもつ駅。さて、雨晴という語。雨のあと雲を追い払う風のことを「雨晴らし」というようだ。それにしてもまるっきりの反対語の雨と晴れをワンセットにして、おまけに地名になっているのだから、詩人が関心を注ぐのはあたりまえ。おかげで抒情性豊かな一篇に成就した〉

〈雨晴らし〉が〈風〉の意味だとは知らなかったが、氏の指摘にあるように、この詩は反対語の組み合わせのアメハレという誤読から生まれたのであった。雨後の北陸の束の間の淡彩微妙な晴れ間の感じが夢の中のひとを呼び出すきっかけになった次第だ。夢の中に生きているもう一人の自分が呼び出されるはずだったが、物語の力が働いたのかいつのまにか女人に姿を変えてしまった。作品ができて数日後に今村昌平の「橋の下の温い水」というビデオを見たら主人公の役所広司が冒頭のシーンで降り立った駅が雨晴であった偶然には驚かされた。

（134号／2009・12）

邪悪なもの

『村上春樹にご用心』という内田樹氏の本はすばらしい。内田氏いわく〈村上文学はひとつの「宇宙論」だと私は思っている。「猫の手を万力で潰すような邪悪なもの」（『1973年のピンボール』）に愛する人たちが損なわれないように、「境界線」に立ちつくしている「センチネル（歩哨）」の誰にも評価されない、ささやかな努力。それを描くのが村上文学の重要なモチーフの一つである〉とある。

〈邪悪なもの〉は、人間の欲界に姿を現すのみならず、天災、人災として例えば阪神淡路大震災や地下鉄サリン事件のように押し寄せてくる。こういう現象、出来事に対して、私たちにできることは、懸命にささやかな善を成す以外に方法がない。それが村上文学の重要なモチーフの一つだと氏はいうのだ。なるほどと感心した。それで思い出したことがある。

同人の柳内やすこさんに、地球の滅亡のときが迫っても、私は太陽に向かって洗濯物を干し続ける、という趣旨の作品があった。風になびく白い洗濯物の輝きこそ、人間の生の営みのいじらしさ、歓び―内田樹氏のいう、底なしの断崖に転落する人間を救う「センチネル」の、誰にも評価されることのない〈ささやかな努力〉の輝きの象徴だという気がした。改めて詩はいいものだと思う。私は昨年愛娘を病気でなくした。人知を超えた〈邪悪なもの〉に、徹底的にうちのめされた。娘を救えなかった、無力で不甲斐ない、みじめな父親であった。未だに洗濯物をどう干していいかわからないが、生前時より娘を思うことがはるかに多く、これからもずっとずっと娘と暮らすのだという思いだけが日々深まってくるのである。

（135号／2010・2）

笠智衆のお孫さん

二月半ばの午後、玄関のブザーが鳴るので出てみると、〈リュウ〉と名乗る背の高い痩身の青年がたっていた。娘の演劇仲間で、供養にわざわざ訪ねてきてくれたということがわかった。

東京の人が尼崎の塚口にある我が家を探し当てるにはたいてい種々のロスをする。〈リュウ〉さんも、最寄り駅を間違えてタクシーに乗ったらしい。静かな人なので、演劇人としてはよほど珍しいと興味を持つうちに、はたして笠智衆のお孫さんであることが判明した。

笠智衆といえば、小津安二郎ではないか。〈リュウ〉君を知ったお陰で、ぼくも家内も小津さんの映画を見るのが楽しみになってしまった。中でも「秋刀魚の味」に出てくるBARの一場面の、笠智衆の顔がぼくは最高に好きである。

小さなバーのマダムの岸田今日子。なじみ客の加藤大介。元駆逐艦の艦長の笠智衆。艦長に偶然出会ってはしゃぐ元水兵が、軍艦マーチに合わせて、狭い室内を行進する。求めに応じてカウンターで返礼する元艦長のきりっとした温顔にはしびれた。曲に合わせてほんの少し体をゆらしながら敬礼するマダムの顔もよかった。海軍の敬礼は船内が狭いので、肘をはらないで顔の前で手を立てるということもわかった。

そんな話を大学を辞めるとき、学生有志が催してくれた送別会で披露した。軍艦マーチについてしゃべるのは気が引けたが、事なきを得て、さて、誰かの発案で仰げば尊し合唱となった所、最近の大学生は歌詞を知らないことがわかった。それでは「秋刀魚の味」のあの名場面の良さもわかるまい。軍艦マーチはいいとして、蛍の光すら知らない世代が現れるとしたらこれは教育による意図的な伝統の切断と云う他ない。

（１３６号／２０１０・４）

イヴ・ボンヌフォアの詩句

〈君はランプを手にとる、ドアを開ける、／ランプなど何になろう、雨だ、もう夜明けだ〉

二〇〇〇年に正岡子規国際俳句賞が創設され、戦後フランスの最も重要な詩人で、俳句に関心の深いイヴ・ボンヌフォア氏が選ばれた。

冒頭の詩句は、氏が長い思弁的な作品を書いている途中に訪れた、自然との合一の経験—俳句的経験の部分を抜き出した箇所だそうである。

この有名な詩句をどう理解していいかよく分からなかったが、授賞式での講演「俳句と短詩型とフランスの詩人たち」を読む機会を得てはじめて納得した。西洋近代の詩人にとって、〈個人はそれ自体が絶対的な現実〉であって、氏もまた〈個人の運命への強い関心〉をもち、〈自己の内面を解明するという長い仕事〉を続けてきた。アルファベット表記の西洋の言葉は、抽象的な性質をもち、〈その指し示す事物の具体面から切り離され〉ており、ために、世界との直接的な関係を結ぶことを放棄せざるをえなかった。科学や、思弁的、哲学的な方面は発展したが、なまの現実や自然にふれることができなくなっていたという。

冒頭の詩句は、夜を徹して、自己の内面を探求する仕事をしていた氏が、ふと雨音が気になったのだろうか、ランプの明かりに導かれてドアを開ける。その時、新鮮な空気、明け方の雨や野の匂いと共に、満を持して、氏に訪れた自然との合一の体験こそ、西洋近代詩にない俳句的体験であったというわけだろう。だが、一方で、今日の日本の詩人たちに、観念語や、概念語を駆使して長い作品を書いているという現象もある。このあたりをどう考えるか、興味の尽きない課題ではないだろうか。

（138号／2010・8）

岩手詩祭に参加して

九月十八日（二〇一〇年）、日本現代詩人会と岩手県詩人クラブ主催の東日本ゼミナールが、北上市の詩歌文学館で催された。翌日の遠野と宮沢賢治記念館を巡るツアーも、楽しみにしていたので、参加した。

北上も遠野も、避暑地のように涼しくて、爽やかであった。二日間は誠に有意義であったけれども、初めて、念願の遠野の土を踏めたことが何よりも嬉しかった。

関西からは私を含めて二人だけの参加であった。最近の私は、詩人は机の前で一人孤独に詩を書いておればよい、後のことは俗事である、というような正統派の考えを、もちろん尊重はするけれども、もう少しおおらかに、違った土地を体験し、そこに生きる人間とその暮らしや歴史を知ることも大切ではないかと思うようになっている。

昨年は『遠野物語』発刊１００周年であったそうで、遠野は記念行事の熱気がまだ残っていて、十九日は祭りの最終日ということもあってか大変に賑わっていた。

百年の間に、わが日本の村々は、近代化の波に襲われ、合併を繰り返して、その土地固有の神々、地霊、精霊、妖怪変化、民話、昔話の類の居場所─由緒、来歴を奪われてしまった。遠野出身の語り手佐々木喜善と執筆者柳田國男の稀有な出会いがなければ、我々は、民族の深い闇と美しい光を知ることはなかった。あの家には座敷童子（ざしきわらし）がでる。それが間引いた子供のことか、充分な食べ物も与えられずに病没した愛しい我が子のことか、あるいは不具をもつ子供の匿いに起因することか、いずれも東北地方の生活の貧窮と優しい性根の想像力が原因の哀しい幻想と思われて、私は益々その土地を知る旅がすきになっている。

（１３９号／２０１０・10）

祝電その他

『フィリップ・マーロウの拳銃』という詩集原稿は、湯川書房の湯川成一さんの手元にしばらく置かれていて、湯川さんが病床にあって、鉛筆で詩集の構想を練られていた生々しい痕跡を残したままで返されてきた。詩集は湯川さんと決めていたから、一年半ほどはそのままに放っておいた。縁あって、沖積舎から出してもらうことになったが、今度は娘が入院中で、校正もままならなかった。〈パパ、今は読めないけど、ちょっと見せて〉と言って、なくなる二、三日前に、出来たばかりの詩集を抱きしめてくれたのがせめてものことであった。

亡くなった後で知ったことだが、文学座の会で娘は、ぼくの詩を朗読していたこともわかった。東京の椿座という朗読の会でも父親には黙って、父の詩を朗読していたということもわかった。元気だったら、読むことが出来たのに、そしてまたこっそり、ぼくには黙って朗読会で朗読してくれたであろうにと思うと、かなしかった。淋しい運命のもとに生まれた詩集だなと思っていたら、丸山薫賞を受賞することになって、少しばかりほっとした。湯川さんや娘も喜んでくれているだろう。授賞式の日、近畿大学の浅野洋教授から見事な祝電が届いていた。いきさつがあって披露されなかったのがいかにも無念なので、ここに書きとどめる。

〈以倉先生、丸山薫賞受賞、おめでとうございます。/決してトリガーを引かぬマーロウの拳銃が青い閃光を放ち、見事に詩神のハートを射抜きました。いずみさんもさぞかし

お慶びでしょう。爛漫の「夢」からさめる時まで、一層のご健筆をお祈り申し上げます。〉
祝電の模範のような気がした。

（140号／2010・12）

〈サーラ〉再び

中村元訳『ブッダ最後の旅』（岩波書店）は、とっつきにくいが、有益この上ない経典である。昨年某所で「平家物語と詩作品の創造」というテーマで、話す機会があって、久しぶりに、この原始経典を再読した。もちろん第5章の、ブッダ終焉の場面を中心に、サーラ樹が特別の木であることを実証したいがために読むのである。

今回は、ブッダが、旅の途中で、休息したすべての樹木を調べることであった。ブッダが一番多く休息した木陰は、マンゴーの林である。しかもこの経典の最も有名な箇所、遊女アンバパーリーや、鍛冶工の子チュンダの物語に登場する。他に休息をとられた樹木は、ウデーナ聖樹、チャーパーラ聖樹、ゴータマカ聖樹など8種類ほどあるが、せいぜい1～3回ほどの登場である。マンゴー樹だけが5回でダントツに多いばかりか主要な話の中に出てくる。終焉の地クシナーラに赴くひとつ前の休息地もマンゴーの林であった。

〈尊師は、カクッター河につかり、浴し…流れを渡り、マンゴー樹の林に赴いた。…私は疲れている。私は横になりたい〉休息の後、ブッダは、弟子のアーナンダに次のような最後の指示をだす。〈さあ、アーナンダよ。ヒラニヤヴァティー河の彼岸にあるクシナーラのマッラ族のウバヴァッタナに赴こう…二本並んだサーラ樹の間に…床を用意してくれ。アーナンダよ。私は疲れた。横になりたい〉

ブッダは、結局、終焉の木陰として、好みのマンゴー樹などではなく、サーラ樹を指定するのである。この選択にはブッダの隠された意思が働いている。謎めいた選択の理由については度々書いたので繰り返さないが。


（141号／2011・2）

治者たるものは

東日本を襲った大地震と大津波、加えて原子力発電所の事故による三つの大惨事は、あの神戸の大地震の被害をもはるかに超えてしまった。津波による信じがたい光景は、六十年余の昔、幼年の頃、空襲でやられた大阪・天王寺一帯の見晴るかす焼け野原と化した光景と重なる。あれから日本は今日のように復興を遂げたのだ。日本人の底力を信じよう。微力を尽くそう、そんな気持だ。

但し、誤魔化されたくないのは、政治家や東京電力の幹部、保安員の連中の責任逃れの発言である。チリやスマトラ沖地震を始めとして、M9を超える大地震と大津波が、近々の過去に起こっているにもかかわらず、想定外だといって、発電所の破壊を天災のようにいうのは問題だ。M10の地震と津波に耐える建造物を作ろうとすれば、どれほどのコストが掛かるのか知らないが、いくら費用が掛かろうと、電気料金が上がろうと、原子力発電所は、そうすべき義務があったと思う。

儲けに目が眩んだ連中が、政治家や御用学者と結託して、安全基準の程々な、いい加減なものを日本各地で作ったと思うと腹がたつ。未曾有の惨事が起こると、多数の日本人の矜持と道徳観がまだ失われていないと知るのだが、一方で、責任ある地位にいる人間の劣化、利己主義、薄っぺらさがクローズアップされてくるのは悲しい。

途方もない大津波に逃げる術を失って、道路に正座し、合掌してこれを待ちうけた老婆がいたという。コンビニで、お菓子を棚に戻して募金箱にお金を投じた子供がいたという。

治者は清廉にして、賢く優しく強く大きい治者たれ。敬虔にして直ぐなる人間の模範たれ。

（142号／2011・4）

放射線ホルミシス

ホルミシスとは〈ある物質が高濃度あるいは大量に用いられた場合には有害であるのに、低濃度あるいは微量に用いられれば逆に有益な作用をもたらす現象を示す〉言葉だそうで、放射線ホルミシスを最初に提唱したミズーリ大学の生物科学の教授トーマス・D・ラッキー博士は、米国航空宇宙局の依頼によって宇宙飛行士の宇宙における放射線の影響について調査したところ、地上より百倍もの線量の放射線を受けた宇宙飛行士の健康状態は、宇宙に行く前より良くなっていたという発見をした。

今年の二月二十一日読売夕刊に「宇宙帰りのサクラ異変」という記事が載った。地上三五〇キロの宇宙ステーションで、八カ月半保管した―岐阜市の保存会が蒔いても発芽しなかった樹齢一二〇〇年の山桜の種が、地上へ持ち帰ったところ、一〇センチの苗木に成長したという。

日本各地で同様の現象が起こったそうだ。放射線で細胞が活性化したらしい。低線量率放射線療法を実践されている東大の免疫学の稲恭宏教授は、福島原発事故の放射線程度では、農産物も、魚もどんどん食べてよいとおっしゃる。阪大の放射線医学の権威である中村仁信教授なども年間一〇〇ミリシーベルト即ち一〇万マイクロシーベルトまでは、原爆のような一瞬の被爆でなければ、安全でむしろ免疫力がつく。傷ついた細胞を修復する能力が高まるとおっしゃっている。

私はこの学説に大変魅力を感じるのだが、福島の一年間の暫定放射能値が仮に〈低濃度、微量〉であっても、年々の残留放射能を加算して、二、三十年後もなお一〇〇ミリシーベルトを越えることがないのかどうか切に知りたいと思う。

（143号／2011・6）

根のあるウタ

沖縄に山之口貘賞があって、天沢退二郎、与那覇幹夫、私の三人で選考委員を務めている。一番新参の私も今年で六年目。通算34回目の受賞者が七月初めに決まった。

同時受賞者の一人、新城兵一氏『草たち、そして冥界』は、ご両親を中心とする近親、友人の死をうたった鎮魂の詩集である。沖縄のひとの死者に対する感情は、熱い。肉親との死別の悲しみに、本土と沖縄の詩人とに本来隔たりがあるわけではないはずだが、作品を読むと、新城氏の悲しみ方は、形振（なりふ）りかまわず、泥臭いほど熱い。そこに真情がにじみ出ている。

例えば母親の死を悼む「境涯」では、〈女の胎から　生まれたものはすべて／泣かねばならぬ〉を主旋律として、〈女が忍んで泣いた夜の深さを／泣かねばならぬ〉〈忘恩の日々を深く悔いて／御免ごめんと／泣かねばならぬ〉の如く真率の感情が自然にウタになって流露する。

また父親に対しては〈まけた　まけたとみたびもくりかえし／向こう岸へ切れ落ちていったお父さん〉〈わたしもまた　何度でも　この世の敗北を選びます／まっすぐ歩まんとするものの運命のように〉（「ブーゲンビリア」）とうたう。

ここには、父母に代表される過酷な沖縄の戦前戦後を〈まっすぐ〉生き抜いた〈草〉のような無名の、無数の沖縄人に対する深い哀悼の心がひそんでいる。激しい慟哭の声が日本のここにまだなお存在するという事実に私は感動する。現代詩の主流は、言葉の結合連接の妙技、詩的新世界の創造の方に特化して、切実な、真率な感情を失ったのではないか。豪華な造花より、大地に根をもつ本物の草花の方が私には美しく思われる。

（144号／2011・8）

既得権益

『抗がん剤は効かない』という近藤誠氏の本が話題になった。手遅れの患者はそれでも藁をも摑む思いで、抗がん剤治療を受ける。いや受けさせられる。「それ以外に治療の方法はありません。延命の平均は一カ月半ほどですが。それでも受けることを奨めます。私は自分の肉親に対しても、同じことを言いますよ」どこの病院でも医者は同じようなことを言う。同意しなければ、退院する他ないがん患者と家族はやむをえず、抗がん剤治療を受け入れることになる。退院すれば、素人の哀しさ、病気の進行に伴う痛み等の不測の事態に対応できないからである。

私の娘は肺がんの末期であった。抗がん剤は、三種類投与されたが、ことごとく効かなかった。途中、京都の某病院の免疫治療で評判の良医に巡り合い、転院して、外出も出来るようになり、近郊のホテルで家族と共に過ごすこともできるほどに、一時回復した。治癒率が、抗がん剤の方が上だとはとても思えない。
それで思うことがある。日本の医療機関は、なぜ真正の免疫療法の存在を予め患者に教えて選択させないのだろう。厚生省は、なぜ抗がん剤には健康保険の適用を認め、苦痛のない免疫療法には認めないのだろう。私には、厚生省と製薬会社と病院とが結託して、既得権益を守っているとしか思えない。真正の免疫治療に適用を認めれば、抗がん剤の副作用で苦しみながら死んでいくひとの数は激減するだろう。それでは、世界の大製薬会社は儲からない。病院も同じだろう。国民の命より巨額の既得権益を死守しようとするのは医療だけではなさそうだ。原子力発電を始めとするエネルギー業界もみんなそうだ。

（145号／2011・10）

報道者精神

中国や北朝鮮とは違って、日本には報道の自由がある、と思ってはいるのだが、新聞やテレビの報道に疑問を持つことが多くなっている。

昨秋、国賓として来日されたブータン国王ご夫妻のニュースは良く報じられ、大変よかったと思ったが、その少し前に来日されたダライ・ラマ十四世のニュースはほとんど報じられなかった。高野山大学等の講演のあと、仙台、福島の被災地を慰問されたのだが、中国に対する遠慮からだろうか、日本のマスコミの寡黙ぶりには驚いた。チベットでは、寺院の中に監視者を入れ、信教の自由まで奪おうとする中国政府に抗議して、尼僧の焼身自殺が相次いだというのに。ダライ・ラマとチベット問題について、日本のマスコミが、ブータン国王並みにとり上げなかったのは、報道者精神の堕落だと思った。

〈ゾウのような鼻を持って、現実に対して前からも後ろからもニオイを嗅いでください。私も含めてそうだが、現実が一体どういうものなのかを自分自身でしっかりと認識して、それを一般の方々に伝えることが大切だ〉

これは報道人に対するダライ・ラマ十四世の言葉である。もう一つ、放射線の報道について気になっていることがある。昨秋宇宙から六カ月ぶりに帰還された古川聡宇宙飛行士の放射線被爆量は、なんと一日一ミリシーベルトだったという。地上の人間が半年で浴びる自然放射線量を、たった一日で浴びているというのに、健康である不思議を、報道者は徹底的に〈自分自身でしっかりと〉究明して〈一般の方々に伝えることが大切〉なのではないか。事なかれ主義の報道と報道人が増え始めたと思うのは僕だけだろうか。

（146号／2011・12）

低量放射線（1）

低量放射線の身体影響については、科学者に正反対の意見がある。たとえ一個の細胞に遺伝子損傷が生じても、隣接細胞にその情報は伝播されて行く、だから危険だというバイスタンダー効果説と、ある範囲での低量被曝は、免疫系細胞を活性化させ、修復能力を増強させる、だから身体によいというホルミシス説とである。

なぜこのような対立が生じたかというと、培養細胞、マウス等の実験・ヒトの免疫的調査等の判断材料の違いから生じたという指摘がある。高度な生命体である人間の場合は、太陽の核融合から生じた降り注ぐ放射線との億万年の戦いで、遺伝子細胞の免疫力は増強されている。キューリ賞受賞者フランスのチュビアーナ博士によると、なんと毎時一〇ミリシーベルトまでなら、どんなに細胞が傷ついても完全修復が可能だという。活性酸素による遺伝子損傷はむしろ煙草、飲食の過多、ストレス等においてもっと危険である。人間は一個の細胞につき一日百万件の修復活動を行っているそうだが、修復の網の目を潜って、それでも一日三千件ほどのガン細胞が生じる。それをアポトーシス、自爆させる力が免疫細胞に備わっていて我々はどうやら生きているらしいのだ。

低量放射線は、この免疫系細胞の力を高める。ラジウム温泉で有名な鳥取の三朝温泉周辺の住民にがん患者が全国平均の二分の一という岡山大学等の調査もあって、私は、ホルミシス説を信じるようになっている。チュビアーナはもとより、この派の研究者は九十歳を越えて元気な人が多い。それで私は周辺のラジウム温泉によく出かける。放射線に対しては正しく怖がることが大切と思う。

（147号／2012・2）

低量放射線（2）

被災地の瓦礫に含まれる放射性物質を懸念して受け入れを拒む都道府県が多い。福島以外の廃棄物でさえ、受け入れを拒むというのは、微量この上ない放射線でも安全と断言しない国際放射線防護委員会（ICRP）の、閾値無し仮説があるからであろう。

広島の被爆調査で、瞬時に百ミリシーベルトの放射線を浴びた人は千分の五の割合で癌になることが分かっている。それ以下では癌が発生したというデータがない。防護を目的とするICRPは、その百分の一の年間一ミリシーベルトを安全基準とする勧告を世界に発信した。根拠は、その数値なら百歳まで生きたと仮定して、ようやく百ミリシーベルトに達するという理由である。放射能が弱まらずそのまま体内に蓄積されること等ありえないが、ICRPがかくも厳しい基準に拘り続けたのには訳がある。エックス線が発見され、実験に便利なショウジョウバエのオスの精子に照射を続けたところ、照射量に比例して、遺伝子損傷が起こり、奇形が生まれるということが分かったからである。

マーラ博士は、この実験でノーベル賞を受賞し、以来、全世界は、閾値無し仮説に怯え続けることになる。ところが一九八〇年代になって、世紀の逆転ドラマが待ち受けていた。なんとショウジョウバエのオスの精子は免疫による修復能力が無い珍しい生物だということが判明したのである。マーラ学説は否定された。DNAの修復能力について無知であったのである。それならば、ICRPの基準も正されるべきであるが、メンツと利権がらみの対応の遅れで、日本の瓦礫処理にまで影響を及ぼしているわけである。私は断固ラジウム温泉に浸かる他ない。

（148号／2012・4）

杉山さんのこと

杉山平一さんから教えられたことは山ほどある。第一詩集を出したとき、某新聞の詩評欄で〈美しいが深さがない〉と指摘された。急所を衝かれたと思った。その後、詩の深さとは何だろうと、杉山さんの作品も勉強したが、機知とユーモア、弱者への優しい眼差しに満ちた氏の作品を、すばらしいと思ったが、不遜にも〈深さ〉があるとは思わなかった。

杉山さんの詩の深さに思い至るにはそれからさらなる歳月を要した。杉山さんは明晰この上ない人なので、詩の修辞、技巧について分かり易い解説書を何冊も書かれている。机上において愛読したので、私は錯覚していたのだ。杉山さんは、機知とユーモアに富んだレトリックの詩人だと。

確かに杉山さんは、レトリックの達人であるが、その根源にあるのは、しなやかで強い、新鮮な、好奇心に満ちた生命力である。生き生きとして柔軟で優しい魂である。機知やユーモア、巧みな修辞はその闊達ないのち、魂の波動、律動の現れに過ぎない。大切なのは杉山さんのいのちと魂の方だと気づくのに時間がかかったのである。

戦争、倒産、逆縁の苦しみ、悲しみを潜って、それらは磨かれ、深まり且つ強まったというべきだ。『希望』のタイトルポエム。〈不幸や悲しみ〉を〈我慢〉して、迎えに来る光を信じた杉山さんの、〈負けるな〉という言葉は、作者が生涯を賭けて発語したと私は感じる。千金の重さがある。

この詩集には日常を生きる人間と日常生活の細部への感動が詰まっている。子を失った悲しみ、倒産破産の人生苦を背負った氏にして、平凡な日常生活の大切さ、その賛歌が書けたのである。これを深いと言わずして何と言おう。

（149号／2012・6）

二〇一二年十月／151号

大切な言葉

〈ママへ　いきてるといいね　おげんきですか〉（岩手県宮古市　昆愛海　四歳）（「読売新聞」二〇一二年三月十一日朝刊）

東北の大震災で、被災者が語った大切な言葉を保存するよう心掛けている。冒頭の四歳児の言葉は、言葉に慣れた大人の文章でないことは確かだ。しかしどちらが心を打つかと言えば、間違いなく詩の神様は、愛海ちゃんを抱きしめて、涙を流されるに違いない。

〈いきてるといいね〉改めて四歳の少女を襲った体験の異常さ、過酷さが伝わってくる。この春、長男の嫁の第三子の産み月に、嫁の肋骨に罅が入って痛むというので、急遽五歳と一歳の孫を、預かることになったのであったが、宇宙戦士何とかの玩具遊びの大好きな五歳男児が、何かの拍子に、突然〈ママ死ぬの〉と聞いてきたときには驚かされた。

孫は、二歳のとき、病室の娘をよく見舞ってくれた。その後は遠いところに行ってもうじき帰ってくると、じいじ、ばあばには教えられている。しかし息子夫婦や私たちの会話から〈死〉という言葉が漏れて、それが漠然と不在の意味だと理解したのだとしたら、愛海ちゃんも、ママは遠い所に行っている。だからここにはいないけれど遠い所で生きてるに違いない。

ママお元気ですか。早く帰ってきてね。愛海はかしこくして待っているからね。そんな気持だろう。本当は大声で〈ママ！　ママ！〉と叫びたかったに違いないが、言葉という重い鎧が、冒頭の文章に化身したのである。でも鎧の隙間から愛海ちゃんの真率な叫びが聞こえる。愛海ちゃんは、ママやパパの命名通り、大好きな海、愛する海の向こうから、お母さんの帰るのを待っているのである。

（151号／2012・10）

三好達治の批評文

「言葉、言葉、言葉」所収の、〈癲の診断を受けし日、上野動物園にて〉と前書きを持つ明石海人〈白描抄〉に対する三好達治の批評文は、幾度読んでも感動する。まず明石海人の短歌を引く。

〈人間の類を逐はれて今日を見る狙仙（そせん）が猿のむげなる清さ〉

〈白花の木槿年古る母が門（と）に一目の惜しく帰りきにけり〉

〈妻は母に母は父に言ふわが病襖へだててその声を聴く〉

〈職を罷め籠る日毎を幼等はおのもおのもに我に親しむ〉

〈愛垂（あいだ）るる子を離れきてむなしさよ庭籠（にはご）の餌粟の殻を吹きつつ〉

三好達治の批評文は、次の如くである。「沈痛荘重、一種リアリズムの極致ともいうべき詩境である。詩塊は深く沈潜して而も熾烈、この異常なる人生の悲痛事に直面していささかもたじろぎ取乱した跡もなく、なほ詩語の繊細明澄なる境にそぞろにも遊びいでんとする、その芸術的意欲の健全にして根底の浅からざる、まことに感嘆の言葉に窮するばかりである。この生命の凝視、その詩的意識の磁場には、充分に近代的感覚の裏打ちもあって、…間然するところのない名誉の作品である」

私は、氏が特に〈一種リアリズムの極致ともいうべき詩境〉と評している点に、深い共感を覚える。〈人生の悲痛事〉に対して〈沈痛荘重〉〈深く沈潜する詩塊〉の裏打ちのあるリアリズムを芸術の極致とする氏の詩歌観に、私は深い共感を覚える。

三好達治の詩には、小手先の言葉のあしらいとは違う魂のリアリズムが存在する。賞味期限付き戦後思想によって氏は批評されたが、魂のリアリズムに基づく抒情は復活されるべきだ。


（152号／2012・12）

大阪倶楽部

昨年の夏（二〇一二年）、大阪倶楽部なる所から講演依頼があった。電話口の声は、まことに上品で穏やかで、ぼくより相当年長の紳士と思われた。平家物語序章の祇園精舎と沙羅の話なら、引き受けますと答えて、今年一月三十日、約束の日がやってきた。当日は水曜で、ぼくの午後二時からの講演の前に、専門家を招いて、国際情勢を聞く定例の午餐会なるものがあるという。一体どういう人たちの集まりだろうと、用心のため、正装して出かけた。

地下鉄淀屋橋の駅近く、鶴屋八幡の和菓子屋に隣接する大阪倶楽部は、すぐわかった。

品の良いクラシックな建物で、粋な装飾のほどこされた木製の扉を開けると、一瞬、戦前の外国映画のワンシーンに紛れ込んだような錯覚をおぼえた。受付嬢を別にすれば、ぼくより年配と思しき男性ばかりで、全員背広を着用して、ネクタイを締め、碁や将棋、ビリヤードに興じているのである。サロンでは、珈琲を飲んで談笑している人たちもいる。午餐会が終わったのか、エレベータや階段から続々人が降りてくるが、年配の紳士ばかりである。

委員長の説明で初めて分かったのだが、ここは、英国に範を求めた大阪で最も古い財界人の会員制社交倶楽部として発足したのだという。大正初年の設立以来女性の加入は認めていない。時代に合わないという意見もあるが、気楽ですからなと一寸ウインクでもするような言い方であった。みんな女に苦労してきた戦友ですからねというふうにぼくには聞こえたのである。ひよこであるぼくの講演のあと、年長の老紳士たちと名刺の交換をしたのだが、肩書きの消えているのが実に爽やかに感じられた。

（153号／2013・2）

詩人の号泣

経済同友会幹事の品川正治氏著『反戦への道』に登場する三好達治は、鮎川信夫の〈逃避幻想〉の詩人という批評とはまるで違っている。

一九二四年生まれの品川氏は、大東亜戦争の始まる一九四一年に京都の三高に入学する。戦局は、年を追って険しく、「学徒動員」で、学生たちは次々、召集される。昭和十九年、三高では、京都師団長の査察があり、学生に軍人勅諭の奉誦が命じられる。「我が国の軍隊は世々天皇の統率し給ふ所にぞある」という一節を、〈天皇〉と〈軍隊〉を入れ替えて軍部批判をする学生が現れる。国体と軍を汚したと大問題になり、学生の退学、教師の辞職、休校と相次ぐ中、三高では、死ぬまでに聞いておきたい先生の「特別授業」なるものが計画されたという。アンケートの結果、湯川秀樹や西田幾太郎等に雑じって在野の三好達治の名も挙がったのである。

品川さんは学生の総代として、福井の疎開先を訪ねて、承諾を得る。詩人は、五日間に渡り、詩集『春の岬』について懇切に講義され、大変な人気であったそうだが、最後の講義が終わるや〈「君たち若い者を死なせて僕が詩を書けるか」と、壇上に蹲って号泣された〉というのである。

ここに記録されている詩人は、激動の時代に苦悶しながら、全身全霊を込めて日本の運命と向き合っている。〈紅旗征戎ハ我事ニ非ラズ〉という態度とは正反対である。若者を死なせたくないと号泣する魂をもつ詩人を、果たして日本の戦後は生み出しただろうか。私は賞味期限切れの戦後思想より、三好達治という詩人の〈号泣〉とその作品を信じる。

（155号／2013・6）

歴史の切断

平家物語に馴染んで半世紀が経過した。長きにわたって、この物語と付き合っていると、いや付き合ってもらっていると、種々の恩恵を多大に受けていることがわかってくる。その最大は、沙羅という語の恩寵であったが、これは、あちこち書き散らしたのでおいて置く。二つ目は、戦争をテーマにした叙事詩の問題である。この物語は、古代末変革期の大事件―源平の戦闘による平家一門の滅亡をうたう琵琶法師の平曲の詞章、テキストとして作られたが、その核心は、戦死者への鎮魂である。巻末にある灌頂の巻という章段。大原寂光院で、建礼門院が、我が子安徳天皇をはじめとする一門の人々の後世を祈って一生を終えられる次第を描いている。

物語は、序章の祇園精舎並びに沙羅の物語とこの巻末の灌頂の巻が首尾呼応して、全的滅亡を遂げた一門の人々の魂を救済する構造になっている。近現代の野蛮な戦争とは違って、当時は〈女はころさぬならひ〉であったので、生き残った建礼門院の後半生はひたすら一門の人々の後世を弔うことに捧げられた。昼夜を問わず日に六度の念仏の勤行を日課とされたのである。

こうして死者の矜持と勇気と深い思いは生者の記憶の中に甦り、絶対平和の幽界に生きることが可能になったのだ。死者と生者の魂は、丹精込めて織られた美しい帯のように繫がった。それが歴史というものであった。それが、平家物語という叙事詩的文学の核心であった。

現代を生きる私たちは、戦後七十年経過しても、現代版〈平家物語〉を書くことが出来ていない。敗戦後、歴史の切断を謀る有形無形の力が働いているとしか言いようがないのである。

（156号／2013・8）

青山繁晴さん

水曜の夕刻、ニュースアンカーという番組の青山繁晴さんの時事解説を楽しみにしている。

九月十八日は福島汚染水問題であった。原子炉は循環式冷却装置によって冷却される。循環式なので、水は一定量あれば足りるが、山側から豊富な地下水が一日に四〇〇トンも流れ出て冷却汚染水と混ざる。巨大なタンクを千個作って、一日四〇〇トンの汚染水を貯めているが限度がある。

従って汚染水と混ざる前に、きれいな地下水を海へ放出すること。一方タンクに貯めた汚染水は、九月から再稼働する東芝のアルプスという多核種除去装置によって、きれいになった水もこれも海に流すことだという。この装置は、一日七五〇トンの汚染水を処理する力があり、六十三種類の放射性物質のうちトリチウム一つを除いてすべて除去できる。

問題のトリチウムだが、空気中にも水道水にも含まれていて、基準値を守れば害がないという。タンクのそれはすでに多量の地下水で薄まっているが、海に放出すれば広大な海の希釈力によってさらに無害になる。国民によく説明して海に流すべきだという。
福島の災害以降の二年余の間に放出されたトリチウムの量は二十兆〜四十兆ベクレルだが、カナダのブルース原発では昨年一年でなんと一〇二八兆ベクレル、フランスのルアール核廃棄物処理施設では一京一六〇〇兆ベクレルをドーバーの海に放出した。桁が違うので驚く他ないが、無害ゆえに米国を始め、世界の原発はみな同じことをやっているという。お隣の韓国ではトリチウム放出量は日本の一〇〇万倍。我が国のマスコミは当てにならず、青山さん一人頑張っているという感じである。

（157号／2013・10）

雑感

私は、昭和二十二年に小学校に入学した。配給された教科書はもちろん占領軍の検閲の下に執筆編纂されたものであったから戦後日本の未来を担う子供たちを〈平和と民主主義〉を愛する人間に改造すべく、教育改革が進められ、その方針にそった教材が選ばれていたに違いない。

小学生の私が見えざるどんな手に導かれていたのか、敗戦という日本の歴史始まって以来の大事件が、教科書の内容や文章にどのような影を落としていたのか、戦前とあの頃の教科書を機会があれば対比して読み直してみたい気がする。

私たちの教科書は現在と同じ口語体の文章であった。修得すべき漢字も〈民主的〉配慮によって制限が加えられた。公文書に用いられていたカタカナと漢字交じりの漢文体は廃止され、官庁や役所から姿を消した。以後戦後の日本人から〈天気晴朗ナレドモ波高シ〉の如き入魂の漢文体は、姿を消していった。

私は口語体の文章の、平明で対象に即する正確さが好きであるが、同時に使いこなせない故にか、文語体や漢文体に強い憧れを持っている。占領軍は巧妙に〈民主的〉に私たちから文語体や漢文体を奪った。彼等は日本人の精神の改造を目指して、練りに練った計画を実行し、東京裁判によって、とどめをさした。マスコミを始めとして日本人がほぼ占領軍の思惑通りに考える人間になったことを確認して占領政策を終えたのだ。

〈日本人が経験したのは、単なる軍事的敗北……以上のものであり……幾世紀もの間、不滅のものとして守られてきた日本的生き方にたいする日本人の信念が、完全敗北のうちに根こそぎ崩れ去ったのである。〉（『マッカーサー回想録』）

拉致事件について思うこと

（158号／2013・12）

拉致事件の被害者松本京子さん（当時二十九歳米子市出身）は、一九七七年十月二十一日午後八時頃、自宅近くの編み物教室に行くと言って自宅を出たまま行方不明になった。浜辺で怪しい男二人と話す京子さんに声をかけた目撃者は額を殴られ、警察に通報するすきに、三人の姿は消えていた。母親の三江さんは、砂浜に片方だけ残されていた娘のサンダルを抱きしめて寝ているという話を聞いたことがある。

その三江さんも二〇一二年十一月二十八日、八十九歳で亡くなられた。三十六年間抱きしめて寝た我が子の赤いサンダルは、母親の願いの結晶のようにまっさらであったというのだ。その胸中は察するにあまりある。

その年は、日本海沿岸で行方不明事件が相次いだ。京子さん事件の一カ月前の九月十八日には、石川県能登町の宇出津という海岸で当時五十二歳だった久米裕さんが、十一月十五日には、新潟で十三歳の横田めぐみちゃんが拉致されている。宇出津事件の時、工作船で迎えに来た北朝鮮の工作員に久米さんを引き渡した在日朝鮮人の男を警察は、外国人登録法違反で逮捕した。男の自宅から暗号解読に使う乱数表等が見つかったが、我が国には、残念ながらスパイ防止法がなく、結局起訴猶予になってしまった。

戦前の刑法八十五条の「敵国のために間諜をなし、又は、敵国の間諜を幇助したる者は、死刑又は無期もしくは五年以上の懲役に処す。軍事上の機密を敵国に漏洩したる者また同じ」というような、どこの国にもあるスパイ防止法があれば、捜査も捗り、抑止力も利いて、事件も防げたと思う。被害者はご家族と平和に暮らせたと思うと、残念でならない。

（159号／2014・2）

店名

梅田駅近くの居酒屋。食べ物はもちろんだが、呑んだあとに注文する稲庭うどんの味の格別なあの店の名がどうしても思い出せない。思い出すまで、店の近辺も歩かない決意である。友人には、絶対に教えないでほしい。親切心でヒントなど呉れようものなら絶交だといってある。どうしても自力で思い出したいのである。

経験則でいうと、記憶というものは、思い出したいという意識を捨て、思い出そうとすることも忘れてしまったある日、ある時、ふと口をついて出てくる、要するに向こうの方から、帰りたいときには勝手に帰ってくる、そういう性質のものだと心得ている。

しかしこの度は経験則に逆らって自力で家出人を連れ戻す決意なのだ。それほどに危機感が募っている。夕べ居て朝にはいないない不届き者は断固取り締まらなければならない。実は、すでに記憶が甦る香料の類、快眠のための睡眠薬など種々試しているが効果なし。

その居酒屋の看板は、ぼくがまだ勤め人であった頃、阪急電車の梅田駅近く、車窓からよく見えて〈稲庭饂飩〉の横にたしか仲良く寄り添っていたはずだと思うのだが。捜索のヒントになるはずの看板や暖簾、店内の設え、チェーン店の名前、ダジャレ好きの愛嬌のある店主の顔など思い浮かべては連想を期待するが、なんの効力もない。

実は思い出せないのは居酒屋の店名だけではない。昔つきあった女の名前すら最近は出て来ないことがある。せめて死ぬ間際に思い出して名前と一緒に旅立つのがよいのか、もう何もかも忘れるに任せて無に帰るのがよいのか、とにかくぼくの実験の結果報告はあとしばらく先にという他ないのだ。

（160号／2014・4）

吉野山―回想の嵯峨信之

詩学社の世話で東京方面から三十数名の詩人が花見に見えるというので久しぶりに吉野に行った。一九八九年四月十六日のことである。

宿泊所の東南院が、夜通しはなやいだ感じで、なるほどこれが吉野かと思った。あのとき那珂太郎も嵯峨信之もまだ健在であった。那珂太郎は後藤信幸と将棋を指していた。二人の会話を傍で聞いているとまるでプロ棋士のようであったが盤面を覗くとヘボ将棋に間違いはなかった。しかし言葉のやり取りに関していえばさすがは詩人だと変に感心したものである。

吉野はいつ来ても格別の興趣がある。花を見ても花の散ったあとの山を見ていても興趣はつきないのである。下山して、奈良・大阪、和歌山にかけての山脈を地図で調べる。吉野の明るみがまだ残っていて、葉室(はむろ)、小吹、水分(すいぶん)、芹生谷(せりゅだに)、白木、神山、龍泉、弘川、馬(ま)谷(たに)、平石、千早…といった等高線の起伏の間に点在するゆかしい地名にもどこかはなやぎが感じられる。

これらは、みな金剛、葛城、二上といった連峰の裾野、山襞に開けている青葉茂れる山里の名である。おそらく吉野で感じた私の興趣はこうした山家の暮らしの〈花〉ある生活につながっているに違いない。しみじみとなつかしいのである。

吉野は芭蕉に倣って言えば〈さまざまのこと思い出〉させる山と思う。嵯峨さんは東南院の大広間で座談に興じていた。東南院から外に一歩も出なかった。夜が更けて長旅と花見疲れでバタバタと東京勢が寝てしまっても嵯峨さんの座談は尽きないのであった。闇のなかで吉野山は、はなやいでいた。あのときもっとも吉野のはなやぎを感じていたのは嵯峨信之であったと思う。

（161号／2014・6）

地湧菩薩

東北の大災害について、記憶すべき日本人の物語を集めたいと念願している。

例えば福島第一原発所長であった吉田昌郎氏が語った法華経、湧出品の〈地湧の菩薩〉の話である。津波で全電源を喪失し原子炉を冷却する装置が動かない。破損を免れた消防車のホースを使って海水注入を試みるが、原子炉内部の圧力が高く水が入らない。線量は益々高くなる。次々と原子炉が爆発する恐怖が迫っている。そうなれば日本はおしまいである。血尿を出し疲労困憊の極に達しながら、休むまもなく現場に向かう作業員に対して氏は、地面から湧いてくる〈地湧菩薩〉のように思えて、彼等の後ろ姿に思わず合掌したと語っている。

　氏は、菅総理や東電幹部たちの現場知らずの命令と戦って、海水注入を決行し、第一原発免震重要棟にいた七〇〇名近い職員や女性を第二免震棟に避難させた。食料もトイレも限界に達していたからである。時の総理が全員撤退は許さんと大声で激怒したが、氏は決死隊六十九名を除く〈非戦闘員〉に撤退の命令を下した。

　朝日新聞が、時の政権の事故調査委員会の調べに答えた「吉田調書」をスクープし、所員は、第一原発の構内の比較的線量の低い所に退避して指示を待てと言った所長命令に従わず、第二免震棟に逃げたと報じたが、訳知らずの誤報である。

　吉田氏は、総理の命令に忠実であったかのように巧みに答えただけである。津波来襲に避難を呼びかけ、亡くなった南三陸町の遠藤未希さんを始めとして、日本は、未曾有の危機に際しては〈地湧菩薩〉のような尊いひとが、かならず〈湧く〉が如く現れるようである。記憶すべき日本人の物語と思う。

（162号／2014・8）

惠隆之介著『海の武士道』を下敷きに

戦争はジクソーパズルのようなものだと、ある戦記作家から聞いたことがある。闇の中に眠る複雑怪奇な巨大な一枚の戦争絵図。私たち戦後の日本人は、固定化した灯りによって、日本軍の負の断片群（ピース）ばかりを見せられて来たと思う。

照明の固定化は、当然ながら戦勝国によって巧みに設定された。

しかし例えば二〇〇三年の秋、海上自衛隊の観艦式に訳あって英国からやってきた元英国海軍少尉、元外交官サムエル・フォール卿の胸深く蔵されていた照明灯で、照らし出された一九四二年スラバヤ沖海戦の断片画は、戦後の我々を驚かすに足りる。

その頃は、まだ日本軍が優勢で、フォール少尉の乗船艦も撃沈され、兵たちは全員重油の海に投げ出された。疲労の極限に達した夜明け前、現れたのは、なんと敵国日本の戦艦であった。

死を覚悟するも、駆逐艦雷（いかずち）のマストに翻ったのは救助の国際旗であった。縄梯子等で救助された人数、他艦の将兵併せて四二〇名。雷の乗船者は二二〇名。戦闘の海域で我が艦の危険を顧みず倍に当たる敵国兵士の救出は、戦史に例がないという。

艦長は工藤俊作少佐。彼は衰弱した英国兵に貴重な水で目と体を洗わせ、食べ物をふるまい、士官全員を甲板に集めて流暢な英語でこう告げた。

「諸君は勇敢に戦われた。諸官は日本海軍の名誉あるゲストである」と。フォール卿は、日本武士道の素晴らしさを生涯一日も忘れたことがなく、せめて死ぬ前に艦長に礼を述べるべく訪日したのであった。

工藤艦長は、すでに一九七九年七十七歳で他界していたが、生前の工藤は一切この事実を語らなかった。「己を語らず」は日本海軍軍人の信条だったそうである。

（163号／2014・10）

マレビト高倉健さん追悼

所用で出掛けていた家内が、健さんが亡くなったと知って、ニュース見たさに慌てて帰って来たことがあった。

我が家では、高倉健の写真が居間や食堂に飾られていたのどかな時代があった。私もファンの一人である。映画「鉄道員」が評判であった頃、彼の文章を読んで感動したメモ書きが、ノートに残っている。

『「〈名もない多くの日本人が心ならずもしまってしまった矜持〉と書いた切り抜きをもって歩いている」と高倉健はいう。かっこいいな、健さんは』とある。誰かの言葉として、その〈切り抜きをもって歩いている〉と書く高倉健の心根に今も私は痺れ放しである。

敗戦後の日本人は、戦勝国によって当然ながら一切愛国的な言動を禁じられたが、心ある日本人は、日本人としての〈矜持〉を胸中深く蔵して、奇蹟の戦後復興を成し遂げたに違いない。これは「鉄道員」の、廃線が決まった〈幌舞線〉終着駅の駅長佐藤乙松の胸中に蔵されていた思いに繋がる。さらに遡ると、昭和天皇の終戦の詔書〈堪へ難キヲ堪へ忍ヒ難キヲ忍ヒ、以テ万世ノ為ニ太平ヲ開カント欲ス〉の精神にも繋がる。

健さん主演の主人公は、暗い過去を背負っていて、何かに堪えながら寡黙に生きている。不器用だが〈直き赤き〉心の持ち主で、めっぽう腕っぷしは強い。めったに怒らないが、怒ると荒ぶる神様のように相手を完全にノックアウトしてしまう。

高倉健は、フランスのジャン・ギャバンがそうであったように、民族の伝統的な美意識を体現してくれていたと思う。種々の会見で〈この国の国民であることを誇りに思っている〉と自然体で言う高倉健の私は永遠のファンの一人である。

（164号／2014・12）

涅槃経について

「涅槃経」は、ブッダ最後の旅の事実の記録であったが、涅槃とは何かという問題を巡って、何種類もの経典が作られるに至った。

各仏典作者は、仏典をどのように構想し編集したか。事実の記録に、いつの間にか、超現実的な幻想が加わってくる。仏典の制作は、文学の創造と共通する所がある。「涅槃経」のクライマックス、沙羅樹下におけるブッダの涅槃の表現とその編集の問題は、ここ数年、私の最大の関心事のひとつである。

幾つかの涅槃経典のうち、最も詩的で美しいのは、パーリ語本、中村元訳『ブッダ最後の旅』である。

〈さて、そのとき沙羅双樹が、時ならぬのに花が咲き、満開となった。それらの花は、修行完成者に供養するために、修行完成者の体にふりかかり、降り注ぎ、散り注いだ。また天のマンダーラヴァ華は虚空から降ってきて…〉

何という見事な幻視・幻想の表現、詩的真実の表現だろうか。ブッダの涅槃はこのようにして訪れたと誰しも思うだろうが、実は仏典では、ブッダの言葉として、修行完成者が天の華に包まれるのは、真の供養ではない、真の供養とは、法と律を守ることだと教え諭すような場面が続くのである。

ここに仏典の構想・編集の問題があると私は思う。仏教集団にとって、ブッダ亡きあと、ブッダの化身ともいうべき法と律を最重要とすることは当然であるが、それならブッダは、最後の教えをそのように説いて後、仏教の真髄である母なるもの、その象徴である沙羅の花に包まれて涅槃を迎えると構想し編集すべきであったのではなかろうか。私は、私の涅槃経をそのように書き換えたいと思っているのである。

（166号／2015・4）

若い人の給料

若い人の給料について最近考えさせられることがあった。

夜学の教師時代の体験を書いた『夜学生』という本に登場する浄化槽の小さな会社を経営している滝田健作（仮名）君から、電話があって、寿退職する女性の後任を探しているが、若い人が見つからないという。

仕事内容は、伝票の整理以外は、電話の応接程度。給料はと聞くと、十三万六千円から十六万ぐらい（ボーナスと交通費・皆勤手当は別）という。宮崎出身の短大出の前任者は、口数は少ないが、簿記の仕事が出来て、十六年間皆勤、社長の使うタオルを毎日手洗いしてくれるような、よくできた女性だそうで、息子の嫁にと考えたこともあったという。

しかし、肝心の給料は手取りで二十万と聞いて、地方出身の女性の真につましい生活が目に浮かんだ。これでは、日本が少子化の道を行くのも当然だと思った。改めて中小企業の労働者の給料の低さに驚かざるをえなかった。男気のある社長であっても、電気代が幾度も上がって、しわ寄せが、賃金に及ぶのは防ぎようがないという。

〈革新政党〉の党首は、原発が停止しても何の問題もないというが、火力発電に使う石油代は年間四兆円。３・11以降の四年間で十六兆円。これは消費税四％に該当するではないか。原発の使用に断固反対なら、火山国であるが故の、神の采配というべき奇蹟のメタンハイドレート（氷状のメタンガス）が日本海の海底から無尽蔵に出ているというのに、何故、既得権益に塗れた政治家や役人を追求しようとしないのか。日本は資源大国になれる。アジアの繁栄にも貢献できる。石油の国際利権と戦う気概ある政治家よ、出でよ。

（１６７号／２０１５・６）

私の雑記帳（一九八三年八月某日）再読

〈ママ一緒にいて〉それが最後のことばになって亡くなった子供がいたと知り合いが私信に書いていている。詳しく聞くと亡くなった子供は鍵っ子だったそうである。〈こわいからそばに来て〉それから〈ママ一緒にいて〉それが最後のことばであったという。子供は母親を待ちわびて日暮れを過ごした体験があったのだ。低温性の肺炎だったその子供のあとを追って、母親はまもなく死んだ。〈一緒にいて〉という子供の最後のことばが気がかりだったのだろうか。誰がこの哀れな母親の錯覚を咎めることができるだろう。

八月六日、原爆の日、特集番組でテレビジョンは伝えている。広島市内で被爆した一人の母親が、歩行困難であるにもかかわらず、何里も離れた学童疎開中のわが子のもとへその夜おそく辿り着いた。そして無残な自分の姿をわが子の記憶に残すまいと子供を起こすことをせず、蚊帳の外からその寝顔を見つめ、しばらくして息をひきとったというのである。そばに母がいることも知らず眠っている少年と、最後のいたわりの言葉をかけることもかなわずに別れを告げた母親と。おそらくこれはこの世でもっとも悲しい話のひとつにちがいない。

三十二年前に書いたこれらの文章は、只の散文だろうか、それとも散文詩に近い散文だろうか。それならどうすれば、めでたく散文詩に昇格するのだろう。いったい詩とは何だろう。そんなことを考えて、ぼくの三十年は瞬く間に過ぎてしまった気がする。

（168号／2015・8）

周恩来総理の手

学生訪中団の一員として、国交回復直前の中国に渡った義妹が、心身に不調を来たし、一行が革命の聖地、延安に見学に行っている間に、療養先の西安市の某ホテルの屋上から、自殺若しくは過失による自行転落死を遂げたという連絡が岳父の元に届いたのは一九七一年の夏八月であった。

遺体の引き取りに北京に飛んだ家族を待ち受けていたのは、中華人民共和国建国以来、首相の座にあった周恩来その人であった。私はその名を小学校の頃から社会の教科書で知っていた。事態を重視した周恩来総理は、義妹に関わった中国の服務員全員を集め、なぜ、患者本人の申し出とはいえ、介護の持ち場を離れたか、愛護の精神が足りないと一人一人厳しく叱責された。成人した我がむすめの判断です。中国の方たちの責任ではありません。周総理、どうかもうお止め下さいとお願いするまで続いたというのである。

それが最初で、家族は毎年、中国に招かれることになった。総理は忙しくても、約束通り、かならず人民大会堂に姿を現し、家族に会われたのである。私は一度だけ握手した総理の掌の感触を一生忘れないだろう。巨象のように厚く深々とした底知れぬ感じであった。

後になって、あの手は、人力の及ばぬ如何ともしがたい力を幾度も経験した手だと思った。この世の非情を知り尽くしたこの上なく優しい手のように思えた。現中国共産党政権が果たしてあのような奥深い人間の手を有しているのかどうか、私は、はなはだ疑問に思うことが多い。


（169号／2015・10）

与謝野晶子の絶筆

与謝野晶子の最晩年に書かれた、病床の草稿ノートが発見され、与謝野晶子記念館に展示されていると、旧年の秋、読売・毎日各紙に、報じられたので、見に行った。筆圧の弱い乱れた鉛筆書きの筆跡写真と、雄大な歌の内容とのあまりの隔たりに、ショックを受けたからである。

歌人は一九四〇年五月に脳溢血で倒れ、右半身不随の寝たきり状態で、四一年十月九日から、四二年一月二日まで、草稿ノートに歌を書き記していた。その二日後に、意識不明になり、その年の五月に六十三歳で亡くなった。日付のある歌とそうでない歌とがあるが、三カ月近くの間に約九十首の歌を書き残した。

記念館のガラスのケースには、A五サイズのノートが開かれ、室内灯に照らされたその歌は、最初は〈わが立つは十國峠　十國の　山々にある　雲もうつくしき〉であったが、〈十國の　山々にある　雲もうつくしき〉に線を引き、〈光る雲　胸に抱かぬ　山山もなし〉と推敲されている。美しい写生歌が、祖国の山々を抱きしめる壮大な歌になっている。

同記念館の森下明穂学芸員に聞くと、この歌は、十一月九日と十二月十九日の日付のある歌の間に、三十三首目の歌として作られたそうである。絶筆扱いされる所以は、晶子の生涯最後の歌掛け軸に、本人自らが、〈年の初めの御題　連山雲の心を〉として、この歌を選んでいるからである。

四一年十二月八日は、大東亜戦争開戦の日である。この掛け軸が、戦争の時代と繋がるのか知らない。しかし、私は、戦争の是非を越えて、明治大正昭和を生きた大歌人の、十二人の子を成した母なる大歌人の、日本への健やかな深い愛情に打たれる。

（170号／2015・12）

再び与謝野晶子から

前号で、右半身不随の与謝野晶子が、病床にあって残した歌稿ノートの絶筆、昭和十七年元旦の歌〈わが立つは十國峠　光る雲　胸に抱かぬ　山山もなし〉について、その歌の雄大さに驚きを禁じ得ない由を記した。元旦の光に棚引く山々を胸に抱きしめるという、わが国土に対する、のびやかな、自然な、素直な愛情表現に、私は感動せざるを得なかったのである。

　このような歌のリズムは、もともと和歌の発生が、天地自然に対する祈り、誉め歌であったことに起因しているに違いない。国土の豊穣、収穫物への祈りは今も天皇家の根幹の行事である。天地自然の霊、土地の神々に対する敬虔な感情は、万葉の羇旅歌の本質であって、羇旅歌は、旅先の風景に対するたんなる写生歌ではなく、旅の安全と保護を願う旅人の土地の霊や神に対する挨拶であったと言われている。

　従って日本の歌の伝統から言えば、地名は単なる記号ではありえない。〈地〉はイノチ、チカラの〈チ〉であり、血の〈チ〉でもあって、本来、坪幾らで売買するような対象ではありえない。和歌の歌枕は〈チ〉の巡りのように国土を巡っていたのである。

俳句も然り。芭蕉の全作品九八二句の一割は地名の入った句であるという。〈行く春を近江の人と惜しみけり〉のごとしである。われわれの自由詩は、西洋詩の翻訳である『新体詩抄』から始まったので、ハイカラ趣味に傾いて、伝統詩の根と切れてしまった。

土地に根を下ろさぬ詩は、その土地を深く経験した人間のウタを失う。修辞に偏して外部を失う。抒情詩人であった柳田國男が『遠野物語』の方へ行ったことの意味を再考すべき時が来ていると思う。

（171号／2016・2）

谷川さんのエスプリ

第十一回三好達治賞を受賞された谷川俊太郎さんの『詩に就いて』に「苦笑い」という作品がある。短いので全文を引く。

〈詩はホロコーストを生き延びた／核戦争も生き延びるだろう／だが人間はどうか／／真新しい廃墟で／生き残った猫がにゃあと鳴く／詩は苦笑い／／活字もフォントも溶解し

て／人声も絶えた／世界は誰の思い出？〉谷川さんは贈呈式当日の山田兼士氏との対談で、この上なく詩的なことを云われた。猫や犬の頭のなかにも、詩らしきものは、うっすらとあるのではないかと。受賞詩集では、絵本のように詩は擬人法でしばしば登場する。この作品でも人類は滅びて〈詩は苦笑い〉と書かれている。人間の愚かさを批評し、〈世界は誰の思い出？〉とエスプリを利かせて終わっている。ヒトが滅んでも、果たして〈詩〉は、猫や魚や木の葉に、うっすらと存在するのかどうか。猫や木の葉は言葉を知らない。

〈言葉以前の世界〉という表現も、実は言葉による表現だと考えるなら、この立場は、ヨハネ福音書の〈はじめに言葉ありき／言葉は神と共にあり／言葉は神なりき〉の世界に通じる。即ち〈言葉以前の世界〉はない。神＝言葉であるから、我々は、言葉で、神の創造した世界を垣間見る他はない。神の創造したピカピカの世界は、遠くどこかに隠れてしまった。

〈さえぎるな／言葉！／私と海の間を〉という谷川さんの有名な詩句があるが、詩人は、汚れた言葉の覆いをめくって、ピカピカの世界を覗き見る。生き延びた猫の頭の中にうっすらと詩らしきものが存在する、と表現する。修辞する。思わず聴衆が感じ入る。なるほどそれが詩だとぼくは納得する。

深い物語、深い言葉

近代文学の研究者として尊敬する浅野洋氏は論集『小説の〈顔〉』で芥川龍之介を論じて、次のように書いている。

「地獄変」は〈コトバへの不毛な偏愛とでもいうべき言語的フェティシズムを根幹とする修辞的技巧への情熱にすりかわった大いなる錯誤の産物〉であると。〈言語が既に異様である。何だか思い切った事をする気にならん。何となく薄気味が悪い。仮令気味が悪くならん迄が、手を附けようがない気がする。何だか紗を隔てて看る如く判然としない〉（漱石『文学評論』）。浅野氏の芥川批評は、漱石の如上の言語観を踏まえて書かれているのである。〈こうした言語の属性にかかわる「異様」さや「薄気味」の「悪」さを感受する言語観に較べて、芥川のそれははるかに楽天的で〈道具〉視するものといってよかろう。〉と。私はこの論評を、吉本隆明氏の『修辞的現在』と併せて、現代詩の批評のように受け取って考える事が多い。

（172号／2016・4）

人間存在の根本は言葉である。人と人。人と自然。家族、社会、国家。それらの存立のために言葉はある。言葉は言葉のためにあるのではない。修辞的技巧への偏愛は作者が、豊かな外部を喪失した証拠である。〈反戦平和〉等、戦後思想の言葉が、スカスカになって、冷酷で厳しい現実とリアルに立ち向かう力を失ってしまった。国家エゴをむき出しにする世界の現実を踏まえて、いかに考え、いかに正しく生きるべきかという、日本人の真の哲学が生まれていない。現代の詩人が言語的フェチに陥るのは当然かも知れぬ。宇宙や自然、神話や歴史、国家や土地と人間の生活に基づく深い物語、深い言葉の創造が必要と思うが、さて。

（174号／2016・8）

出直し

〈ぼくが死ぬとしたら／バルコンはあけといてくれ／子どもがオレンジを食べている／バルコンからそれが見える／農夫がムギを刈っている／バルコンからそれが見える／ぼくが死ぬとしたら／バルコンはあけといてくれ！〉

ガルシア・ロルカの「別れ」というこの有名な作品について、以前にも書いたことだが、詩人の魂には、故郷の土地と人々への深い愛情に基づく永遠の風景が根を下ろしていたようだ。たまたま、スペイン自治州のガリシアを代表する女流詩人、ロサリア・デ・カストロのガリシア語で書かれた『ガリシアの歌』（桑原真夫訳）詩集巻末にある年譜を読んで知ったのであるが、一八八五年七月十五日正午、詩人が亡くなる最後の言葉は、「窓を開けて、海が見たいから…」であったそうだ。彼女は、愛するガリシアに対する差別や偏見と戦った詩人だそうであるが、リアス式の美しい入り江をもつガリシアの海への憧憬は、郷土あるいは祖国への深い愛情に満ちている。

今から思うと、私の第一詩集は、国籍不明のやわな抒情詩であった。七十歳を越えて、私はようやく、自分の両足を置いてきた土地・郷土・祖国について、思いを深めなければと思うようになっている。私の受けた戦後教育には郷土の文化や歴史を教える教科がなかった。今更戦勝国の占領政策を嘆いても始まらない。不自然に捻じ曲げられて育った心を取り戻す他はない。私は一から出直して、日本人である私のバルコンから見えてくる風景を切に歌いたいと願うばかりである。

（175号／2016・10）

〈笑ひこける〉神々

安西均氏の「竹、わらふ」（『晩夏光』所収）という詩が私は大好きである。

「―漢字の〈笑〉は、竹を冠してゐる。」というサブタイトルがついている。アパートの屋上から、主人公は、オペラグラスで、竹林を覗く。「風に吹かれる竹叢（たかむら）」の風景が大好きな様子だ。「縺（もつ）れようとしては離れ、／のけ反っては屈み、／左に右に傾きやまぬ竹。……ああ、こんな詩がかけたらな。／一つの〈比喩〉も用ゐない詩を。／……比喩で濁ることを嫌ふ、／〈純粋風景〉といふものがある。／風に揺れ撓（しな）ふ竹の姿は、しかし／笑ひこける神に似てゐる。」

なんと上手い表現だろうと感心するが、この末尾二行の詩句は、古事記「天（あめ）の石屋戸（いわやと）」を想起させる。弟のスサノオの行いを悲しんで石屋戸に引籠ったアマテラスを、外に出すべく、天（あめ）のうずめの命（みこと）が大らかに半裸身で踊ると「高天（たかま）の原動（とよ）みて、八百萬（やよろず）の神共に咲（わら）ふ」と重なる。楽しそうな笑い声が聞こえて、アマテラスが石屋戸を少し開けて顔をだす。まぶしい太陽光が地上を照らし始める。屈託のない神々の哄笑。

私は、このおおらかで、安らかで、のびらかな性情を、万葉集にも通じる古代日本の本質であったと思う。それは、仏教伝来以前の日本人の自然な性情であり、神道にも通底するものである。四季が循環する風土にあっては、森羅万象に神が宿る。畏怖と讃歌、祈りと歌は日本文化の神髄である。太陽光によって、花が咲き、命が咲く。万象が〈咲ふ(わらふ)〉のである。天地創造というべき日本神話の冒頭に〈笑ひこける〉神々の伝承があることほど、日本人である私の心を豊かに、和やかにするものはない。

（177号／2017・2）

越国・武人(もののふ)の詩人

ベトナム国民文芸賞等を受賞された越国の詩人アイン・ゴック氏を招いて、日本現代詩人会主催の、日越国際交流の催しが四月一日、東京であった。かつて、私はベトナム旅行でアオザイの良く似合った通訳さんから、わが国は、中国と千年、仏国と二百年、米国とは二十年戦って、すべて勝利したと誇らしげに言われたことがあった。

アイン・ゴック氏も越国人民軍兵士として、ベトナム戦争と中越戦争とを戦われたそうである。笑顔の絶えない人であったが、鋭い眼光も隠し持っておられた。階級は大佐だったそうで、年齢は私より五歳下だが、祖国を背負った人の厚みにはとうていかなわないと思った。

昔、日本では、文は人なりと言ったが、越国では詩は人なりと言うそうだ。旧暦の正月中に、ハノイを中心に、全国各地で、詩のお祭りがあるそうで、国民が、詩を作って、選ばれた作品は、蒼空高く風船で揚げると知って驚いた。戦争中は小径に出ると英雄に出会う。今は、小径に出ると詩人に出会うと聞いて、なんとも喜ばしい気持になった。詩は、人生と生活に密着し、人々の尽きざる物語として書かれ、読まれ、朗読されているというのである。

難解詩など出る幕がない。ベトナム語は単音なので朗読に向いているという。氏は講演中、幾度か歌うように話された。日本滞在の三日間、氏は、〈東遊運動〉という名の独立運動で、日本に憧れ、仏国政府によって処刑された―雑司ケ谷霊園に祀られてある祖父への念願の墓参を果たされ、桜咲く千鳥ケ淵戦没者墓苑で献花されて、帰国の途に就かれた。愛する祖国を背負ってやって来た真の武人の詩人であった。

（178号／2017・4）

大峯あきら氏の講演

俳人で、哲学者（大阪大学名誉教授）で、吉野の浄土真宗のお寺のご住職でもある八十八歳の大峯あきら氏の「季節のコスモロジー」と題する講演を、詩歌文学館賞の贈呈式で聞いて、感動した。

講師紹介で、篠弘会長が、氏の代表句は〈花咲けば命一つといういふことを〉だと思うと言われたが、講演は、まさに、この句についての深い哲学に満ちていた。〈「命一つ」とは桜の花も鳥も蝶も私も皆同じ一つの命「無量寿如来」という大いなる命の中に咲いているのだ、この同じ一つの命によって貫かれているという不思議をいうのだ。そんな思いを句にしたのです〉ということであった。

無量寿如来とは阿弥陀仏＝アミターバ（量りしれない命を持つものの意）であるが、その後読んだ氏のご著書『命ひとつ―よく生きるヒント』（小学館１０１新書）によると、〈生きているということは、我々が命を持っていることではなく、大きな命が我々を持っているということです〉とある。〈誰のものでもないこの大きな命が、とりもなおさずこの私の命を生かしてくれているわけです〉とも氏は説く。

このような魅力溢れる氏の考えに接して、私は私の生涯のテーマである沙羅樹下のブッダの涅槃に思いが行くのは自然なことであった。沙羅の木陰は〈命に満ちた仏教的宇宙の空間であった〉とかつて私は書いたが、涅槃を迎えるブッダにとって、生みの親であるマーヤは、そのまた母の母の連綿と続く母なるものの象徴として意識されていたに違いない。我々を生かしてくれている大きな命に帰る旅があるとすれば、それは銀河鉄道なのかも知れない等と、翌日訪れた宮沢賢治記念館で思ったことであった。

（179号／2017・6）

肝(チム)どう間(マ)どう

山之口貘賞の贈呈式の翌日、七月二十九日に、同じ選考委員の与那覇幹夫氏と予定通り久高島に行くため、出発地の港に着くと、与那覇氏が案内役に依頼した『南島祭祀歌謡の研究』で第一回日本学賞を受賞された波照間永吉先生の他に、同行者が何人もいることが分かった。

その中に与那覇氏の診療だけは、無料という歯科医院の女医さんと娘さんもいらっしゃって、最初二人で行くはずだった旅がなんと九人に増えていた。なんとも愉快で、なんとおおらかなんだろう沖縄人の心は、と感動した。女医さんは、赤米のおにぎりの他に、氷漬にしたパイナップルのスライスもリュックに用意されていて、自転車を漕ぐこと、三時間半、炎天下のウタキ巡りで熱中症にならないかと心配だったぼくには、天与の果物だった。その女医さんが、船着場でのお茶の時間に、幼い頃に聞いた母親の話として、今に忘れない沖縄言葉を教えて下さった。

ご近所に、昔、東京に行ったまま長年、帰ってこない男の子を持つ母親がいたそうである。我が子に会いたがっていたが、危篤の時も、息子は帰ってこなかった。その後、家の処分のこともあったのか、彼は帰沖して、種々言い訳をした。が、女医さんのお母さんは、〈肝(チム)どう間(マ)どう〉だとおっしゃったそうである。

意味が分からないので、女医さんに紙に書いてもらって説明を受けたのだが、心〈肝〉があれば、窓は開くという意味だと教えて下さった。なるほどと感心した。獣医学部の新設を五十二年間も認めないで、今なお御託を並べる連中に、この含蓄のある深い言葉を送りたいものだ。

（180号／2017・8）

詩人と後世

詩人会の最後の仕事として関係理事三人で、越前三国町にある三国図書館に行った。三国はＨ氏賞の平澤貞二郎氏の出身地で、この度、御子息の照雄氏の計らいで、Ｈ氏賞に加えて、現代詩人賞の受賞詩集まで全冊、当図書館に寄贈して下さる運びになったので、挨拶と見学を兼ねて出かけた。

三国は、風情のある奥ゆかしい文学の町である。郷土資料館・龍翔館を訪れると、高浜虚子、伊藤柏翠、森田愛子、高見順、三好達治など、当地に所縁のある文人の遺品が、丁寧に展示されていて、驚かされた。疎開してきた三好達治の周りには〈志の高い青年達が集い、文化サロン化〉したという。現在、三好達治の詩を読む会があると聞いて、三好さんは、大阪よりはるかに三国の人たちに親しまれ、敬慕されているのだと、ちょっと複雑な気持になった。

虚子の小説『虹』に登場する森田愛子は、虚子の門下生であった柏翠によって俳句に目覚め、〈化粧して病みこもりおり春の雪〉〈わが歩む日傘の中の野菊濃し〉のような名句を残し、二十九歳、肺結核で夭折する。佳人薄命の典型であった。龍翔館には、虚子の愛弟子に送った〈虹立ちて忽ち君の在る如し〉〈虹消えて忽ち君の無き如し〉の直筆の葉書が展示されている。愛子の虚子への辞世は、電文で送られてきた。〈ニジキエテスデニナケレドアルゴトシ〉。その麗しい師弟関係にうっとりさせられる。

土地の人に敬慕される詩人こそ真の詩人である。柳川と白秋、東北の啄木、賢治、心平。諫早の静雄。現役詩人では、結城と新川和江がそうである。越前三国は、詩人と後世について種々考えさせられる土地であった。

（181号／2017・10）

II

過ぎゆく日

大晦日は、気の向くままに大阪を歩くことにしている。これは、日頃、忙事に邪魔され、日を惜しむいとまがないので、せめてその午後だけでもひとり気ままに過ぎていく時間を送りたいと思うささやかな感傷から発したここ数年の私のならわしである。

そんな気ままな散歩なので、道順にきまりのある訳はないが、たいていは、心斎橋筋から道頓堀の繁華街を抜け、法善寺横丁に寄って黒門市場の雑踏をくぐり、最後はかならず新世界のジャンジャン横丁から釜が崎に至るのである。

歩行の途中、道頓堀にかかる戎橋の上に用もなく佇む。いつの年だったか、阪神タイガースの優勝を祝って、この川にとび込む若者をみたが、いまは、そんな宴が嘘のように川面は寒々とにごって、本年最後の午後の光をあびている。いつしか私は、職場や家庭の繋縛から解放され、帰る場所をもたぬ自由な放浪者のごとき気分に自分が浸されていくのを感じる。法善寺横丁の水掛不動で、信仰厚き大阪の人を線香の霧の向こうにみて、生玉神社界隈を歩けば、さかさクラゲのホテル街から最後のなごりを惜しむ男女のかげをみることもある。

ジャンジャン横丁で、ヘボ将棋を観察し、いちはやく正月を迎えている釜が崎の住人としきりに袖すれあう頃には、早い冬の日は次第にかげりをみせ、いよいよ大晦日もあと数時間を余すところとなる。私は、この日の釜が崎が気にいっている。なぜなら、その日、大阪で一番くつろいで賑やかな町は釜が崎だからである。特に、ジャンジャン横丁を中心とした新世界界隈は、すでに年越しの用意なった住人たちのいい顔であふれるからである。

今年、飛田商店街を歩いた時、落日を浴びた西の路地に〈花市旅館〉という看板をみとめて、私はしばらく幻想の世界をさまよった。歩行中、私の物思いは、川の流れの泡沫のように浮かんだり消えたりするが、その日の最大の収穫は、くすんだ釜が崎の軒ひさしのなかに、その名を発見したことにつきていよう。私は商店街のとある家具屋の前で、諸国流浪の旅人として、正月を迎えるいそぎに、どのような調度品を買い揃えるべきか、そして、それによって女が、どのような表情をうかべるかをあれこれ想像した。二人とも世を捨てた境涯の人間として、この〈花市旅館〉にしばらく身をおくというありふれた筋書である。はじめ、〈花市ホテル〉と読みちがえたくらい小粋に、私はその名を、わびしげでくすんだ釜が崎のドヤ街のなかにみつけたのだ。貧のなかのはなやぎ、わびのなかの栄華といってもよい。私は、大晦日の釜が崎を大きな〈花市旅館〉だと思う。種々雑多な人間が、光と影を背負って、ひとまずここでくつろいで年を越すのである。この大晦日のスラムのはなやぎによって、大阪という都市の光と闇がいっそう浮かび上るように私には思われる。

ここで話は芭蕉にとぶが、大坂に芭蕉が漂着したのは、元禄七年（一六九四）秋九月九日であった。重陽の節句を奈良で迎えた彼は、〈菊の香や奈良には古き仏たち〉の句を残して、生駒山麓にある暗峠を越えて、大坂に入った。途中、疲労のため駕籠に乗ったが、生玉周辺で下りると、折りから降りしきる雨のなかを菰をかぶった姿で市中に入ったという。なにゆえ、雨中菰をかぶって大坂入りしたかを問われ、『三冊子』に芭蕉は次のように答えたと書かれている。〈かかる都の地にては、乞食（こつじき）行脚の身を忘れて成がたし〉私は、元禄最大の都市・大坂に、芭蕉が菰をかぶって入ったというこのエピソードに深い魅力を抱いてきた。これは、まず、『三冊子総釈』に言うように〈この様な都会の地では、自分が乞食同様、貧の境涯に安んじながら旅をつづける身分である事を忘れては駄目だ〉というほどの意味であろう。しかし、ここにはまた、大坂という都市の豪奢が、都市の繁華が雨中菰をかぶった乞食の境涯との対比によって、みごとに写しとられていることがみてとれるのである。

〈なし得たり、風情終に菰をかぶらんとは〉と芭蕉はいっているが、この菰のなかにひそむ両眼がとらえた〈難波〉のポエジーを、私は、蕪村が伏見百花楼の遊女に託して〈舟中寝を同じくして長く浪花の人とならん〉とうたったポエジーと共にこよなく愛するものである。近江の膳所での歳旦吟に、〈都近き所に年をとりて〉と詞を置いて〈薦(こも)を着て誰人います花の春〉と、うたったこともある。乞食漂泊の人をながめながら、そこに自分自身の姿を重ねた句とみるべきだが、ここにも菰かぶりの乞食の炯眼が捉えた花の春の栄華が息づいている。花の春も、難波の町も、この菰かぶりの視線によって、新鮮にその本質を、その栄華をあらわにする。

春や都市に限らないであろう。若さも、恋も、人生も、菰かぶりの風情、菰かぶりの装置をもってみるとき、ポエジーを生むのである。ポエジーとは、おそらく、菰をかぶって身を屈めたあの乞食の低い姿勢からながめる眼差しによってよく捕捉されるものであろう。

物乞いの姿勢といってよい。王にひれ伏す奴隷、奥方に仕える小間使い、天使のごとき恋人に焦がれる地上の人間、病者の幻想のなかにある健康な人生。

このような菰かぶりの眼によって捉えられた大坂は、殷賑をきわめた奢靡（しゃび）の都であると同時によるべなき乞食漂泊の旅人が流れる淀の橋の下に、あるいは釜が崎の〈花市旅館〉にそっと身をおくわび・さびた場所でもあったのである。〈秋深き隣は何をする人ぞ〉といったポエジーは、そのような菰かぶりの低い姿勢によって捕捉されたものであると私は思う。〈秋深き〉の深きは、都市空間のはらむ闇の深さでもあるのだろう。その深いところに、〈貧〉の境涯を生きる無数の人間が日を送っているのである。一方に、都市の栄華をおくことによって、この都市空間の闇の深さはいっそうきわだってみえてくるだろう。その闇の拡がりのなかに〈花市旅館〉もあったであろう。

私は大晦日の大阪を歩きながら、いつしか近代都市大阪の光と影を正しく写しとることのできるのは、〈花市旅館〉の客でなければならぬという思いに激しくかられるのである。――そしてその宿泊客こそ、わが夜学生ではないかと思われるのである。夜学生の生活と人生を語ることは、私にはきわめてむつかしい。それは、私の半生を語ることであり、愛と憎しみの対象を見すえることである。私は、否定され、傷をうけ、時に彼等を組みしいたのである。彼等は私にとってたえずみごとな他者であり、私は彼等と格闘しながら私の人生観をつくり上げてきたのである。そんな物思いにふけりながら、私は釜が崎のドヤ街の喫茶店に身をおき、最後は〈ずぼらや〉でふぐうどんを食べる。

　ふぐうどんを食べる習慣ができたのは、このうまさを教えてくれた桑島玄二氏への挨拶だが、両方の店にはかつて私の受持った生徒がつとめていたのである。ひとりは単車で暴走事故死し、ひとりは家出して上京、一時ヤクザの使い走りをさせられていたが、意を決して足ぬけし、帰阪の後ぷっつりと消息がとだえている。よくけんかをしたが二人ともなつかしくいい奴であった。日を送るということは、人を送るということでもあるだろう。私の大晦日は、このような気ままなぶらぶら歩きに費される。こうして歩くうちに日は暮れ、家に帰ると、後は紅白歌合戦を待つばかりとなる。歌に趣味のない私は、部屋にこもり、乱雑をきわめた机の上の整頓でも心がける以外にすることがない。

（3号／1988・1）

〈沙羅〉という語の恩寵

二〇〇五年の八月十日から五日間、韓国の萬海(マンフェ)財団主催の「世界平和のための国際的な詩の祭典・Manhae Festival」に招待を受けたので出かけました。萬海は僧名で、俗名は韓龍雲(ハンヤングン)（一八七九～一九四四）。日本の統治時代に、『愛の沈黙』という詩集で、恋愛詩を装って、愛する祖国の悲しみをうたったレジスタンスの有名な詩人です。解放六十周年を記念して、それまで国内でやっていた催しを広げて、世界四十カ国、六十余名の詩人を招待することになったそうです。韓国では日本と違って、僧侶であって詩を書く人が多く、理解があるのでしょう、詩祭の経費はすべて寺院に集まる浄財だと聞きました。催しは、「萬海平和賞」の授賞式、各国詩人全員の自作詩朗読、シンポジウム等。会場は、宿泊先の新羅ホテル、萬海村のバクダム寺、なにかと話題にのぼる北朝鮮の金剛山ホテル（当日になってから朝鮮民主主義人民共和国の詩人は全員欠席との連絡をうけました。どんな詩を朗読するのか、楽しみにしていたのですが）。平和賞の授賞式は、ソウルからバスで四時間の萬海村で行われ、受賞者はダライ・ラマ十四世と、一九八六年にノーベル賞を受賞したウォレ・ショイニカ氏（ナイジェリア）等。萬海平和賞は、韓国で最も権威ある賞のひとつだそうで、当日入国を認められなかったダライ・ラマ十四世のメッセージは次のようでした。〈チベットの一介の僧侶である私にこの賞を授与し、皆さんは我がチベット人を希望で満たしました。〉

祭典の最終日は、シンポジウムと宴会があり、隣国の誼からか、シンポジウムでは私はパネラーの一人として予め参加することを要請されていました。ナイジェリアのウォレ・ショイニカ氏とチリと韓国の詩人と私の四人がパネラーとして各自最初に三十分程度〈平和〉と詩の問題について話すのです。〈平和〉について話す等ということは、安逸を貪る一日本の詩人として、大変憂鬱でしたが、主催者が、仏教徒であることを考慮して、以前から温めていた、仏陀の生誕と涅槃に関係のある〈沙羅〉をテーマに、なんとか凌ごうと決心しました。以下は「〈沙羅〉という語の恩寵」という、その日話したスピーチのほぼ全文です。私にとっての研究と創作の交錯の産物と言えるかと思います。

この度は、世界平和のための国際的な詩の祭典、Manhae Festival にご招待を賜りまことに有難うございます。心から感謝申し上げます。

ここ数年、私の詩作の関心の中心は、〈サーラ〉体験というべきものです。私の言いたいことは、この度の朗読詩「サーラ幻想」のなかの詩句、〈人間はサーラの花の散る宇宙を旅しているのだ〉という言葉、イメージに象徴されていますので、そのことを中心に話します。

沙羅の花の物語については、仏教に関心のあるひとなら誰でもが知っています。八十歳を超えて、仏陀は故郷へ帰る旅をされました。途中、信仰心の厚い鍛冶屋の子チュンダという青年の供した茸料理があたって、病にたおれます。死期を悟った仏陀は、ヒラニャヴァティー河の彼岸にあるクシナーラーの沙羅の木陰に行くことを弟子のアーナンダに命じられます。顔を北に向け、右脇を下に、足の上に足を重ねて、しつらえられた寝台の上に横臥されます。なぜ沙羅樹を選んだのかについては考えがあるので後で話します。大パリニッパーナ経（ブッダ最後の旅）という経典によりますと、其の時、沙羅の花は、時ならぬのに花が咲き、満開となり、白一色に変じて、仏陀の体に〈ふりかかり、降り注ぎ、散り注いだ〉と書かれています。夜になって師の最期を見守るために集まった修行僧たちに、仏陀は有名な臨終の言葉を残します。〈もろもろの事象は過ぎ去るものである。怠ることなく修行を完成なさい〉と。こうして涅槃に入られた仏陀に涅槃経という経典では、四方の沙羅双樹が垂覆して仏陀を包んだと書かれています。まるで親鶴が白い大きな羽で子鶴を抱くようであったから、沙羅の林を別名、鶴林と呼ぶのだそうです。いずれにしてもブッダは熱帯の白い花に覆われ、包まれ、抱かれながら涅槃を迎えられたのです。

次に説明の都合上、ぜひここでふれておかなければならないことがあります。それはわが国の有名な古典文学、『平家物語』のことです。この物語は、古代から中世へ、貴族階級から武士階級へ支配体制が変わる変革と激動の時代を、平家琵琶という楽器の伴奏にあわせてうたう、あるいは語る、ほとんど叙事詩と呼んでいい作品です。私は若い頃『平家物語』研究を志していました。実は、この作品の冒頭に日本人ならほとんど誰でも知っている有名な詩句が書かれています。そこに沙羅の花が登場するのです。

祇園精舎の鐘の声　諸行無常の響き有り
沙羅双樹の花の色　盛者必衰の理を現す

この美しい音楽的な詩句は、この物語を厳然と貫く法則、世界観をうたっています。この世は無常であること、あらゆるものは生じ、滅するものであると認識しながら、どこか甘美なひびきを湛えています。その甘美さはどこから来ているのかと言えば、沙羅の花に包まれ、覆われて、涅槃を迎えられた仏陀の伝説にあるのです。仏陀の涅槃のイメージがこの作品の死者を慰めるように作られているのです。私は長い間この物語に親しんできましたが、ある時、沙羅の花の下にいるのは平家一門の人々ではないか、いや平家の人々のみならず、この物語に登場して滅びていったすべての死者たちではないかと思い始めたのです。登場する人物は束の間の耀きの後にすべてすみやかに滅び去ります。沙羅の花の下の仏陀のイメージに、この物語の具体的な死者のイメージが重なったのです。そう読むことによって、沙羅はこの物語の鎮魂の花となりました。私はその読みにしたがって、『沙羅鎮魂』という詩集もだしました。

しかし、やがて私にとって、この沙羅の花は、物語のなかの死者のみならず、物語の枠組みをこえて歴史上の現実の死者の上にも、いや死者のみならず、この世を生きる人の上にも降りそそぐ花となったのです。こういうイメージが生まれるようになって、私は研究の領域から詩の領域に足を踏み入れたと感じました。研究を志す者から詩人になったのです。もともと私には研究者としてのストイックな厳格な態度に欠ける所がありましたから、この成り行きは必然だったかもしれません。沙羅はもう私の心のなかで宇宙樹のような大きな樹に育っていて、窓辺に坐ると、さわやかな葉擦れの音が聞こえてくるほどでした。またあるときは、沙羅の花は、永遠の女性のイメージとなって現れました。

長い内面への旅の途上
私は沙羅の花咲く無人の地を通過した
その樹の下で
静かな微笑みを浮かべて女が立っていた
お待ちしていましたと女が言った
万年の時が流れていた
サラサラと
花びらが
宇宙のやみを滑っていた

（詩集『地球の水辺』「サーラ」の末尾）

新しく沙羅をテーマにした幾つかの作品が生まれた頃、沙羅に関する喜ばしいできごとが次々と起こるようになりました。私はそれをサーラの恵み、サーラの恩寵と考えています。

そのひとつは、私の作品を読んだ僧籍にある元同僚の数学教師から、インドのデリーで発行されたサンスクリット語の英訳辞典の沙羅についてのコピーが送られてきたことです。私はそこで初めてサンスクリット語の沙羅には植物の名のほかに〈囲い〉や〈家の中にいる〉という名詞や形容詞的な意味があることを知ったのです。私にとって、これは望外の喜びでした。仏陀を囲み、包み、家の中にいるような平安とやすらぎをもたらすサーラとはいったい何でありましょう。愛という使い古びた言葉が浮かんできました。韓国語にはサランという美しいひびきをもつ言葉があるそうですね。私はこの言葉についていつか深く学びたいと思っています。仏陀を包んだのは、おおいなる優しい愛、おおいなる優しい何かである、私には、それ以上のことは言えませんでした。

私の身に起こったふたつめのできごとは、ある日の新聞の記事によってもたらされました。

〈仏陀生誕の木陰〉と題するその記事には、仏陀が生まれた、現ネパールのルンビニー園のマーヤ堂の修復工事に伴い、日本やインド、ネパールの学者たちが共同で、仏陀生誕の時代の地層を調べて、仏陀の生誕を見守った樹木を特定しようとしているという内容のものでした。

私はその時まで、仏陀はルンビニー園の無憂樹の下でマーヤ夫人を母として生まれ、入滅は沙羅双樹の下であるという一般的な知識しか持ちあわせていませんでした。今日広く流布しているサンスクリット語の仏典では、仏陀生誕の木陰は無憂樹だが、パーリ語で書かれた仏典のなかには、沙羅樹と書かれてあるものもあることを初めて知ったのです。しかしその時以来、私は仏陀生誕の木陰は沙羅樹であること、生誕と入滅は同じ沙羅樹であると確信するに至りました。仏陀の入滅時、仏陀の心に満ちていたもの、仏陀を囲い、包んでいたものの本質がやっとわかった気がしたのです。

仏陀の母親であるマーヤ夫人は仏陀をお産みになって後、一週間でなくなられました。したがって仏陀は母親の顔も容姿もその声も知りません。多感な少年時代に母の気配を感じるため、母の声を聞くために仏陀が沙羅の木陰に入ったと考えることは決してたんなる空想ではありません。仏陀にとって沙羅樹はどこかなつかしく、したわしく、やすらぎをもたらす木であったのです。クシナーラーの終焉の地で、仏陀が沙羅双樹の木陰に入った意味が私には初めてわかった気がしました。仏陀の涅槃図にかならずマーヤ夫人が沙羅樹の葉かげに顔を覗かせていることの意味も了解できました。

涅槃を迎える仏陀の上に惜しげもなく〈ふりかかり、降り注ぎ、散り注いだ〉沙羅の花とは、仏陀が生前ふれることも、抱かれることもなかったゆえに、仏陀にとって永遠の憧れであった母なるものの慈愛、母なるものの無限の優しさでありました。修行完成者仏陀はこの世界の真理を体現しながら赤ん坊のような新しい生命体となって、この上なく、やわらかく、優しいものに包まれ、抱かれて旅立たれたのです。

沙羅の木陰とは、母なるものの空間であったのです。さらに言えば、沙羅の木陰は、優しさといのちに満ちた仏教的宇宙の空間であったのです。

人間は、サーラと呼ばれるものをもとめる永遠の旅人です。それは人類の悲願である恒久の平和をもとめる旅人のイメージとも重なります。目にはみえぬサーラの白い花。詩の言葉ほど、詩の言語によるイメージの力ほどわれわれの生命と深くつながるものはありません。

〈人間はサーラの花の散る宇宙を旅しているのだ〉沙羅という言葉の恩寵としか言いよ

うがありません。鎮魂とも祝福とも永遠の憧れともとれるサーラのイメージを大切にして、私はこれからもつたない詩作の旅を続けたいと思っております。ご清聴に感謝申し上げます。

（於新羅ホテル・２００５年８月14日講演「アリゼ」１０９号／２００５年補筆）

大石直樹『八重山讃歌』賛——第31回山之口貘賞受賞

〈望郷、追憶、過ぎ去った時間への愛おしみ、その時にいた人々、野鳥、やどかり、優しい海風、キビ刈りの季に吹く冷たい北風、雨。静かな水牛。すべてが生き生きとした輝きの中にある。

一年に一つ、詩のようなものを書き、ようやく残ったものがこれぐらい。島と人と、少年の日に包みこんでくれた全てのものに感謝する。〉（『八重山讃歌』あとがき）

大石直樹氏の『八重山讃歌』は、現代の詩人たちが、もうとっくに忘れてしまった世界を描いていて、処女詩集の初々しさが、時に幼さを感じさせもしたが、全体として、大変魅力的であったので、私は、受賞詩集として強く推した。

この詩集には、作者の心に今なお息づいている小浜島や石垣島の生活や自然が—長い歳月に洗われ、易しく、簡潔な言葉になって、うたわれている。作者には、ふるさとの島を出て、職業を転々とする生活の苦労があったと聞いたが、この詩集には、そのような現実生活の哀歓は微塵も描かれていない。思うに作者は、生きるための俗塵にまみれながらも、心の奥深いところで、自分を支える偉大な力の働きがあることを、自然と自覚していたものと思われる。それこそが、この詩集にうたわれた産土の島の記憶であった。

作者が七歳のとき、亡くなった母親への思慕。父や祖父の滋味あふれる言葉。なつかしい家族たち。村人たち。親密な動植物。伝承や歌謡の類。それらを大きく包む八重山の大自然。海山に囲まれて営まれる漁労や農事。大自然と共にある、力強く、かつ、つつましやかな人間の生活。月の盈欠、潮の満ち干、季節と共に循環する暦のような時間。

この詩集には、作者の生の核心をなすこれらの記憶が、ひとつのおおきな感動として、流露し、素朴単簡な言葉として結晶している。

作者が身内に湧き起こる感動に導かれて描いた世界とは、私たちにとって、いかなる意味をもつものであろうか。

作者は、この詩集の冒頭に、「パパイヤ」「にぬふぁ星」の二編をおき、それらは母親の生まれ変わりだとうたう。

〈はやくに死んだという母は
おさない子どもたちが
気がかりで
パパイヤに生まれかわった〉

琉球の王に殺された母親は、北の空の星になって、

〈子どもたちが
さみしがらないよう
ひとっところで
いつも見守っている〉

母親が、パパイヤや北極星に変身（メタモルフォーゼ）するこの世界では、子どもたちは他界した母親の視線をたえず感じることができるのである。この詩集は、近代科学の見方とは違った、ある意味で、もっと豊かな宇宙観、世界観から成り立っている。

従って、人間が、世界に寄せる目は、畏れと愛情にあふれ、関係もまたきわめて親密である。作品「秘密」の一部を引く。

〈金星はファイダマー（くいしんぼう）星という。

夕方、窓から台所を覗くから。〉
〈千年、ハブは人間に見つからなければ天に昇り龍になれる。
だからもし、空に向け跳びはねているハブを見つけたら
見なかった振りをすること。〉
〈海でもし人魚を捕まえたら、逃がすこと。
そして、人魚の言葉を信じて行動すること。
命に関わることだから、絶対厳守。〉
「秘密」は、二十項目からなる、八重山諸島の伝承から成りたつ作品であるが、作者の、天体や生物や植物に寄せる、温かな視線、ユウモア、親愛の表現には、かつて人間はいかに豊饒な世界に生きていたかを伺い知ることができる。
掉尾を飾る作品「ふるさと」では、
〈男の三大事業は
井戸を掘り　家を建て　墓を造ること〉
〈地上の美の順位は
栄誉礼の帆船　馬　人間の女〉

だと語ったという祖父や父親の言葉を記している。こうした断言には人生の意味も、生きる目的や美の秩序も明瞭、明白であった世界が、つい昨日まで私たちの近くにあったことを教えられる。
祖父や父につながる自分もまた、世界を愛して、この世から消えていくだろう。

愛情を残して
愛着を残して
遠くの日々を夢見るように
私と　私につながる先祖たちが目を閉じた
何世代も　何世代も

作者は掉尾の作品に次のような言葉をおき、家族全員が揃って、健やかであった日をうたって詩集を閉じるのである。

十日越しの夜雨(ゆあみ)がクロトンの葉をたたき

コウモリとカブトムシが紛れ込んだ日
母と父と祖父がいて　兄弟六人が勢ぞろい
家中が大騒動の日　外は漆黒の闇
ランプの火屋が明るかった日
外ではカエルが騒々しく鳴いていた

作者は遠い祖先につながる永遠の時間の中に身をおく自分を自覚している。そうであればこそ、まさに人生の一日とも言うべきなつかしい一日、永遠の一日が蘇るのである。喧しい時代に、本土の詩人が失った、親密にして、不可分な全体的世界を静かにうたいあげた詩人が沖縄から生まれたことを私は喜びたい。

（127号／2008・10）

木津川計さんの声

木津川計さんの「上方芸能」が、この五月に二百号をもって終刊を迎えるという。文楽、歌舞伎、落語等、大阪の芸能文化にとっていかにも残念な話だが、ご苦労様でしたと感謝する他はない。私は故杉山平一氏と並んで木津川計さんを敬愛するたくさんの大阪人のひとりである。十年近く前、清里高原の桜井節さん発行の清々しい雑誌「ぜぴゅろす」に、木津川さんについて書かせてもらったことがあった。次の文章はそれに大幅加筆したものである。

木津川計さんは、杉山平一氏の「夜学生」が大好きで、たまたま私が、定時制高校の教師で、夜学生をテーマに詩を書いていたことから、杉山作品の余慶に与って、過去に三度も未熟な私の作品までＮＨＫのラジオエッセイという番組で朗読、紹介して下さるということがあった。その朗読の語り口が、プロのアナウンサーのいわゆる〈正しい〉朗読とは違って、きわめて個性的で、心が深く、味わいがあり、録音テープを聞くたび、私は感動を新たにするのである。

木津川さんは、雑誌「上方芸能」の発行人であり、菊池寛賞の受賞者であって、上方芸能の守護神のような存在である上に、立命館大学産業社会学部の名誉教授でもある。そう認識していたら、なんと定年後は〈一人語り劇場〉なるものを立ち上げ、長谷川伸の「瞼の母」や「一本刀土俵入り」等を各地で〈語り〉歩いていらっしゃるという。兵庫に住んでいる私の姉なども、芦屋のルナホールで聞いたそうで、大盛況だった、粋も甘いも嚙み分けた年輩のファンで一杯だったと教えてくれた。大学退官後、七十歳近くなって、若い頃からの夢であった一人語りを実現された木津川さんの心意気とエネルギーに驚嘆させられる。同時に、あの折のラジオエッセイの朗読を思い出し、なるほどと納得したのだった。

谷崎潤一郎は、「大阪及び大阪人」で文楽の義太夫の語りの声を〈あの悪く底力のある、濁って、破れた、太い、粘り強い声〉と書いているが、木津川さんの声は、それと通いながら、義太夫節と決定的に違うのは、もちろん声を張り上げたり、強く抑揚をつけたりされない点である。

人情話を語る木津川さんの声は、情念熱情を抑制して、繊細微妙に律動するのである。音節から音節へ声が渡る時の微妙な間合いと抑揚が、抑制された情念・魂の震えを伝えて、聞き手の心を揺すぶるのである。強い抑制から漏れてくる万分の一の微かなかすかな魂の震え。その声は語られる対象への深い思い、慈しみ、優しさから来ているに違いない。「上方芸能」によって展開してきた氏の思想がその語りのなかにこめられているように思える。他者への眼差し、思いやり、優しさ。その入魂の声こそ私は木津川さんそのひとであると思う。日頃はユーモアたっぷりの人であるからこそ、その声は、かえって一層人の心にしみいるように届くと思われる。

氏は、かつて大阪は、〈含羞都市〉であったという。しかし今日の大阪は、一九六〇年代に定着してしまった〈ど根性都市〉から、一九七〇年代の〈どケチ都市〉、〈犯罪多発都市〉、〈破廉恥都市〉へと、十年刻みに都市の品格を下げ、それに加担した大阪の芸能もまた当然ながら品位を失い、恥じらいを失いつつあると慨嘆する。

私もまた現代の大阪の猥雑の彼方に木津川さんと同じ文化都市大阪を夢見る大阪人の一人である。近世の大坂は、商業と芸術の都であった。幕末に日本を訪れた英国の使節『エルギン卿遣日使節録』によれば、江戸は政治都市ロンドンに、京都は宗教都市ローマに、わが大坂は、パリに似て、美と芸術の都市であるという。一六九一年、オランダの商館の医師で、江戸参府の途上大坂を通過したケンペルは、わが大坂を『江戸参府紀行日記』に〈悦楽と娯楽の普遍的な劇場〉と記している。

私の心には、繰り返し書いたが、与謝蕪村の句、朝霧連作にうたわれた史上もっとも美しい大坂が息づいている。

朝霧や難波を尽す難波橋
朝霧や画にかく夢の人通り

大坂には、天満、天神、難波橋という長さ二百メートルを超える木で造られた三つの大橋があった。船場から西天満、桜の宮方面に架かる難波橋は、最も賑わった橋であったようで、京都から大坂に旅した蕪村は、朝露に見え隠れする難波橋の〈人通り〉を望見して、絵画か、夢か、その美しさは、現とは思えないと云っているのである。その難波橋の雑踏に、世界有数の商業都市・美と芸術の都であった大坂が〈尽〉くされている、極まっている、象徴されている、と蕪村はうたう。長い橋の下を豊かに流れる大川。大坂近郊の毛馬という水郷の村で生まれた蕪村は、訳あって、京に住みついたが、終生、母なる淀川、大川への憧れは消えなかった。彼は「澱河の歌」という作品で、京伏見の遊郭に遊んで、舟で難波に帰っていく男を見送る女に成り代ってその心をうたっている。〈舟中願はくは寝をともにして、長く浪花の人とならん〉と。男女交合の晴れの一瞬に垣間見られたまぶしい夢。自由の身となって〈浪花の人〉として着飾って好きな男とあの橋を渡れたらと願う女の切ない夢の中に浮かび上がる橋上の雑踏を、かなわぬ夢であるからこそ私は、史上もっとも美しい大阪と断じたいのであるが、ここまで書くと、もう木津川さんの愛してやまぬ人情話、あの一人語りの名調子が聞こえてくるのである。

他者へ優しく振動しながら掛け渡される声。入魂の声を失った芸能文化は劣化する。現代詩もまた同じである。都市は言葉を模倣するものである。〈都市格〉の低下した現代の大阪に対する責任は、言葉を担う文化人、芸能人にこそある。木津川さんは、大阪の芸能文化にたいしてそんな風に考えているに違いない。

「上方芸能」終刊後も、氏の一人語り劇場は続くのである。あの町、この村の小さな会所やお寺で、氏の語りを待っているひとたちのために、砂埃の舞う白い田舎道を、田のあぜ道を歩いて、話を届けるのが、氏の若い頃からの夢であったそうであるが、氏の語りの人気は、今は大変なもので、大阪・神戸・京都の大会場で、たくさんの聴衆を集めている。木津川さんの声は、深い優しさ、人間に対する慈しみに満ちている。私は木津川さんのお陰で声の魔力〈言霊〉の存在を信じるようになっている。

（172号／2016・4）

麗しき女よ　しばし留まり給え

——レイモンド・カーヴァー作「ウルワース・一九五四年」鑑賞

第一連　村上春樹訳

〈いったいどこから、そして何ゆえに、こんなものがふらふらと浮かび上がってきたのかはわからない。でもロバートが電話で、これから　はまぐり採りに行こう、そっちに迎えに寄るよと言ってきた直後からずっと、僕はそのことを考え続けている。〉一一二字　村上春樹訳

—黒田絵美子訳はもっと短い。以下両氏の対訳によって鑑賞する。

〈どこからこんなことを、どうしてこんなことを思い出したのか、さっぱりわからない。

とにかく、さっきロバートから電話で、今すぐ迎えに行くから
潮干狩りに行こうと誘われてから、
ずっとこのことが頭から離れない。〉九九字　黒田絵美子訳

—記憶というものは不可思議なものだ。潮干狩りあるいはハマグリ採りに行ってふと思い出したというさりげない書き出しが素晴らしい。プルーストの『失われた時を求めて』では、紅茶と共に一切れのマドレーヌを口にした時、少年期を過ごしたコンブレという町の記憶—失われた時が戻って来たのだった。

〈生まれて初めての仕事で、ソルという／男のもとで働いていたときのこと。…〉村上訳

〈ぼくが初めて働いた時の上役は、ソルという名の男だった…〉黒田訳

—作品のタイトル「ウルワース」は創業者の名前を店名にしたスーパマーケットあるいは百貨店の名前らしい。作者は一九五四年、一六歳でそのチエン店タマキに勤めたと後半

の詩行に出てくる。

—第二連要約。ソルという男のこと、商品補充係（村上訳）倉庫係（黒田訳）五〇歳を越えて、出生の見込みはないが、彼は商品のことは何でもすべて知っていたこと。ぼくは、まだ一六歳、自給七五セント、けっこうもらっていたので喜んで仕事をしたこと。ソルから仕事を、辛抱強く教えてもらったことなど、書かれている。必要なことは詩といえどもすべて書き入れている。

第三連

〈当時のもっとも重要な
記憶は、婦人下着（ランジェリー）の詰まった
段ボール箱を開けたときのこと。
アンダーパンツとか、それから柔らかくて
ぴちっとくっつくようなやつ。そういうのを
両手にすくって箱から取り出す。そのころでも

そこには甘酸っぱくてミステリアスな何かがあった。…〉村上訳

〈当時の思い出の中で一番印象に残っているのは、ランジェリーの入ったダンボール箱を開ける時のこと

パンティーややわらかい、ふわっとした肌着類。箱から出してかかえこむと、十六のぼくにもなにか、甘い不思議な感じがした。…〉黒田訳

〈ソルはそれを「リンガ・リー」と呼んだ。「リンガ・リー？」

ちんぷんかんぷんだ。だから僕もしばらくは、

そのまま「リンガ・リー」と呼んでいた。〉村上訳

〈ソルはそれを「リンガー・リー」と言っていた。

「リンガー・リー？」

なぜだかわからなかった。でも、ぼくもしばらくの間、そう呼んでいた。

「リンガー・リー」〉黒田訳

—ブルーカラー出身のソルは、フランス語のlingerie（ランジェリー）をリンガ・リー（村上訳）、リンガー・リー（黒田訳）と英語的に読んだのである。英語でlinger -eyのlingerには、ぐずぐずする、手間どる、消え残る、の意味がある。

—村上訳の〈甘酸っぱくてミステリアスな何かがあった〉と黒田訳の〈なにか、甘い不思議な感じがした〉は、訳者の性別の違いが現れていて面白い。〈体験〉と〈想像〉の違いが訳文に出ている。

第四連

〈やがて僕はもっと大きくなり、商品補充係を
やめて、そのフランス語をちゃんと
正しい発音で呼ぶようになった。
いろんな知恵もしっかりとついた！〉村上訳

〈やがてぼくも大人になった。倉庫係もやめた。
そのカエル言葉もちゃんと発音するようになった。
そして、ようやくわかった！〉黒田訳

—村上訳の「そのフランス語をちゃんと／正しい発音で呼ぶようになった」黒田訳の「そのカエル言葉もちゃんと発音するようになった」は後々の伏線である。

〈あの柔らかさに手を触れられればいいな、
アンダーパンツを脱がせることができたらなと思って、
女の子とデートをするようになった。
そしてそれが実現することだってあった。なんと、僕に
そいつを脱がさせてくれたのだ。アンダーパンツ
というのはまさに「リンガ・リー」だった。
それはときにそこに留まって離れまいと

した。お腹からずり下そうとすると
その熱く白い肌にやんわりと
くっついて離れなかった。
腰やお尻や、美しい太股を
通過し、次第にスピードを増して
膝を、そしてふくらはぎを
越えていく!
足首に届くと両者は
めでたくひとつに
まとまる。そして車の床にはらりと
脱ぎ落されて、あとは忘れられてしまう。
どこにいったっけと
探されるまでは。〉村上訳

〈女の子をデートに誘うと、その子のやわらかいランジェリーに触れてみたい、パンティーをおろしたいと思った。

そのとおりになることもあった。うまくいくこともあった。本当にリンガー・リーなのだ。おなかからおろす時、肌にまとわりつく。熱く、白い肌にかすかにまとわりつく。腰からおしり、きれいな太もも、ひざ、ふくらはぎへとだんだん早く！　脱がせやすいようにそろえてくれた足首へ。するっと脱いでけとばして。あとで、車のなかを探し回ることになる。〉黒田訳

―断然黒田訳がよい。

村上訳の「脱がせることができたらな」「なんと、僕に／そいつを脱がさせてくれた」は、たんなる男の側の心理に過ぎない。平凡で俗っぽい。「脱がせやすいようにそろえてくれた…」と比較すればわかる。黒田訳は、愛する男女の心の機微まで写し取った表現である。

第五連
〈「リンガ・リー」

あの素敵な娘たち！

「しばし留まれ、汝は美しい」

誰がそう言ったのか僕は知っている。

台詞はまさにぴったりだし、そのまま使わせて
もらおう。〉村上訳

〈「リンガー・リー」

あのかわいい女の子たち！

「うるわしき汝、しばしとどまり（linger）給え」

と言った人がある。まさにそのとおり、しばしとどまり給え。〉黒田訳

—ゲーテの『ファウスト』に「時よ止まれ　お前は美しい」という言葉がある。直訳すると、「瞬間よ止まれ　お前は最高に美しい」という意味だそうだ。「しばし留まれ、汝は美しい」（村上訳）より「うるわしき汝、しばしとどまり（linger）給え」には格調がある。憧憬がある。黒田訳はさえわたっている。

—作品では、この後、ロバートと子供たちとぼくとの潮干狩りの描写がくる。潮干狩りの間、

〈僕といえばずっとそのあいだ、
ヤキマでの青春の日々を思っていた。
そして絹のように滑らかなアンダーパンツを。
ジーンやらリタやらミュリエルやらスーやら
彼女の妹やら、コーラー・メイやらがはいていた
留まろうとするものを。そんな娘たちは今では
みんないい年だ。それもうまくいけばということ。
そうでなければ—死んでしまった。〉村上訳

〈ぼくはと言えば、ヤキマ（Yakima）で過ごした昔を思い出している。
そして、あのやわらかい、絹のようにすべすべの下着のことを

うすくてまとわりつく、あのジーヌが着ていた、リタもミュリエルも、
スーと姉のコーラ・メイも着ていた。あの女の子たち。
今はもう大人になってしまった。あるいはもう、
そう、死んでしまった。〉黒田訳

—村上訳の「…留まろうとするものを。」の詩的表現より、私は黒田訳の淡々とした散文のほうが今は好きである。

—作者レイモンド・カーヴァーは、ブルーカラーの労働者である倉庫係のソルに、女性の肌着の入った段ボール箱の表示、フランス語のlingerie（ランジェリー）を、リンガー・リー（黒田訳）リンガ・リー（村上訳）と誤って発音させることによって、米語のlinger〈(去りかねて）ぐずぐずする、手間どる、消え残る、揺曳する〉の意を含ませ、〈リンガ・リー〉〈リンガー・リー〉を身に着けた女、この世の魅惑を、敬愛の念をもって表現した。ミニマリストとしてのカーヴァーの面目躍如と言ったところである。湿潤を含んだ日本語では、これ以上の、さらっとした、晴れやかなエロスを、女の美しさを果た

して書くことが出来るだろうか。

―この詩は、青春の小さな物語である。散文で書かれているが、核心はうたである。ミニマリズム（最小限の言葉で豊かに表現する）という詩的技巧が冴えている。内容は、きわめて芳醇である。歓びと哀しみが幾重にもリンガー・リーするのである。まさに〈麗しき女よ、しばし留まり給え〉である。詩行が長いのは内容が物語を要求しているからだ。―この作品の根は、人生にある。作者は俗なる人生を愛したのだ。生活破綻とアルコール中毒。それでも人生を愛したのだ。人品の素直さ、正直さゆえに、俗にして、美しい高雅な傑作が生まれたのである。

＊レイモンド・カーヴァー（一九三八〜一九八八年）＝詩集『水の出会うところ』黒田絵美子訳・論創社　『水と水とが出会うところ』村上春樹訳・中央公論社所収

（177号／2017・2）

心に残る短詩――嵯峨信之の作品から

ぼくの好きな「心に残る短詩」は、吉田一穂「母」や三好達治「郷愁」、丸山薫「砲塁」「学校遠望」など、主に近代詩の詩人の作品にたくさんあって、若い頃ノートに書き写したものだったが、肝心のノートが見つからない。それで常時机上に置いてある嵯峨信之の全集から拾ってみることにした。ぼくにとって嵯峨信之は、もっとも敬愛する詩人である。若い頃、ぼくは、上京の度、本郷の詩学社の事務所を訪ね、夜は、千葉の柏の嵯峨さんのご自宅に泊めてもらうのが常であった。ぼくのふところ具合を心配されてか、嵯峨さんは、何時の頃からか、宿代のいらないご自宅に泊めて下さるようになったのである。さらに贅沢だったのは、嵯峨さん自ら、何かの拍子に、自作詩について語られるのを聞くことができたことである。嵯峨さんの短詩には、＊の印があって、題名のない詩が多い。嵯峨さんは詩集のページを開ける。

*

別れていく女は
覚えたことをすべて忘れて　しかしその全部をぼくにかえして
横臥したふたりが向うへおしやつた海
なに一つまだ沈んでいない広い海

（『開かれる日、閉ざされる日』）

そして、〈横臥したふたりが向うへおしやつた海〉、〈なに一つまだ沈んでいない広い海〉という表現について、みずからの体験を重ねるように情熱をこめて、解説して下さるのである。別れたが故に、何一つ沈んでいないまっさらな海。未知のままで広がっている手つかずの未来。有り得たかも知れないもう一つのまぶしい人生について、若き日、ぼくは嵯峨さんの解説を聞きながら、ぼくにもたしかにそういう人生があったと思ったものだ。

同じ『開かれる日、閉ざされる日』という詩集に、「巴里祭」という九行詩がある。

それは

ひよどりの巣から手づかみにした卵のような
　一語だつた
それつきり女は海を越えて帰つていつた
巴里祭の夜で
街中が火の海で
黄金の櫛で梳られているように大揺れにゆれていた

日記には何も書いてない
夢のうわ澄みのような一日は
白い頁のうらにつかのまに消えてしまつたのだろう

大人の男と女の別れを描いた、嵯峨信之の傑作の一つである。三つの直喩表現が冴えわたっているが、その一つ、〈ひよどりの巣から手づかみにした卵のような　一語〉。その一語を残して、〈それつきり女は海を越えて帰つていつた〉というのである。

少年の頃、ぼくは、鵯の卵を掌に載せたことがあるが、指を折り畳んで、例えば、木から、あるいは梯子から降りることを想像すると、指先の力加減に微妙細心の注意が必要だと分かる。ゆるく指を折り曲げて包むと卵が掌から落ちてしまう危険がある。強く握れば、ぐしゃっと壊れてしまうのである。最後の、パリ祭の夜、女は、互いに愛し、育みあった歳月の〈卵〉を壊さないように、気配りのある優しい言葉を残して去って行ったというのである。〈街中が火の海で／黄金の櫛で梳られているように大揺れにゆれていた〉とあるから、心に残照する美しい別れであったに違いない。人生には、別れなければならない愛というものもあるのだ。

ぼくは作品のテーマに深く感動して、うっとりしていたのであったが、嵯峨さんが、強調されたのは、〈夢のうわ澄みのような一日〉という詩句についてだった。〈夢のような一日〉は、手垢に塗れて、凡庸だが、〈夢のうわ澄みのような一日〉としたところが自分の手柄だということであった。なるほどとぼくは大変感心した。夢の〈うわ澄み〉とは、フラスコのなかの沈殿物の上方の透明な液体のことだと嵯峨さんはいった。ぼくは、昔、戦前の田舎の我が家にあった幻灯機で、無声のチャンバラ映画が終わると、スクリーン代わりの部屋の壁に映っている透明な虚ろなあかりを想像したものだ。もう派手な動きも、仕草も、地上のドタバタの一切は終わってしまった。壁には何も映っていない。透明なあかりだけが残っている。この世を生きる人間の灰汁が濾されて、抜けてしまった感じ。〈夢のうわ澄みのような一日〉とは、この上ない透明な美しさと透明な空しさそのもののような気がした。〈夢のような一日〉と〈夢のうわ澄みのような一日〉とはかくの如く断然違っている。そのときの嵯峨さんの解説は、ぼくにとって、まさに言葉によって、新しい世界が開けたというに等しい体験であった。

『愛と死の数え唄』に「水甕」という十行詩がある。

少し明かるさがもどつてくると
そのつややかな白い水甕は消えてしまう
夜なかじゆうそのなかの果しれぬ海をぼくは泳いだのだ
短い時がぐるぐるとぼくの腕を廻した
脚はたえず暗やみの底につよい力でひつぱられた
ぼくは魂のもつていたものをすつかり失つた
そしてどこことも知れぬ遠い海岸に打ちあげられていた
この時までぼくはかくも単純になつたことはなかつた

太陽が足のうらからはいつて脳皮から外へぬけだすまで
ぼくはなんでもないその自由にぼくを委せた

ぼくは、この作品を、世の小説を含めて、愛の讃歌をうたった最も美しい作品であると思っている。夜闇に浮かび上がる女のきめ細やかで、なめらかな肌の白さを〈つややかな白い水甕〉と表現した暗喩や〈夜なかじゆうそのなかの果しれぬ海をぼくは泳いだのだ…〉以下の詩的表現の見事さに、ぼくは、すっかり参ってしまった記憶がある。散文で書かれた小説の性愛描写がいかに俗っぽいか、詩的表現の素晴らしさに深い感動を覚えたものである。

嵯峨信之の本質は、日本の近・現代詩を通じて最高の形而上詩人であるということである。

『魂の中の死』所収の六行詩「御霊村小学校」を引く。

いつぱい咲いたところから
花は散りはじめる

小さな神がどこかでその日を記しているのだろう
きようはある日からはるかに遠い日だ
散りしきる花吹雪のなかを
なぜかひとひらが遠いところへ舞い落ちる

〈一九四五・四・一日節子小学一年生〉という注記が作品の最後についている。嵯峨さんは、戦争末期、和歌山県有田郡御霊村に妻子を疎開させ、本人は、東京との間を往復されていたようだ。自然の摂理にしたがって桜は咲き、散っていく。偶然にも、花吹雪のなかを、遠いところへ舞い落ちるひとひらの花片がある。大戦によって、ひとひらの花片のように、我が子の入学は、疎開先の和歌山の有田郡御霊村の小学校になった。人の運命の不思議さ。それは必然なのか、偶然なのかは分からない。

子供にも及ぶそのような人生の岐路――〈特別な一日〉を〈小さな神がどこかでその日を記しているのだろう〉と詩人は書いている。〈小さな神〉という表現は〈夢のうわ澄みのような一日〉と同じ嵯峨さんの独創である。たんなる〈神〉では、つまらない。〈小さな神〉のまなざしに寄せて、嵯峨信之という詩人の、我が子への深い愛情が感じられる。父なる神のまなざしだけではない。〈小さな神〉には、〈うつくし〉という日本語の古義の小さくてかわいらしい、愛らしい、うるわしい、りっぱだ、すぐれている、そんな語義が含まれていると感じる。

　わが娘の出立を、神の厳粛さとうるわしい無邪気さとを持って、見つめる父なる詩人の眼差しに私は感動する。

　嵯峨信之は、人間の懐かしさについて、孤独な人間存在の懐かしさについて、考えること、哲学することが好きなひとだった。〈君がいなくてもいいのだよ。ぶらりと大阪にやって来て、心斎橋の喫茶店の二階などから、人の雑踏をながめて東京に帰る。そんな一日があっても良いんだ〉と言われた。

『小詩無辺』「人名」という十一行詩を引く。

　ふとそのひとの名をおもいだした
　記憶の浮上は時の偶然であろう
　ぼくはいま
　誰かの記憶のなかを通つているのかも知れない

人の名とは
時間にとらえられた人間の影ではないのか

振りむくと
ぼくのすぐ横を
濡れたアスファルトの路上をうつむきいそぐみしらぬ人がある

またしても何かがぼくに問いかける
人の名とは何か――

嵯峨信之の形而上詩の特色は、かならず忘れがたい具象の一行があるということである。〈濡れたアスファルトの路上をうつむきいそぐみしらぬ人がある〉という鮮烈な一行。我々は、この一行を手掛かりに、人間の存在とは何か、人の名とは何かという哲学的な、形而上的な問題の前に立たされるのである。

『小詩無辺』の「生々流転」という八行詩を引く。

生きることからも
死ぬことからも
ぼくは果てしなく遠ざかる

心の空に
軽気球がぼんやり浮かんでいる

人間に氏名をつけることは
そのようなことから始まつた

漂流物の上に小鳥をとまらせるように

生きるとか死ぬとか、言葉による弁別の世界から果てしもなく〈遠ざかる〉とそこにあるのは、万物が生々流転するいのちの世界があるに違いない。〈軽気球がぼんやり浮かんでいる〉とは、その根本的な謎に対する疑問符の役割をはたしている一行と思われる。万物は永遠に生々流転を繰り返し、絶えず移りかわってゆくが、束の間のこの世だけが、万象に名があり、具象の輝きに満ちている。具象の輝きそのものである人の名とは何か。詩人はこのような問いに対して、次のような卓抜な比喩で答えている。人間に氏名をつけることは、〈漂流物の上に小鳥をとまらせるよう〉な行為だというのである。人の名とは、広い海洋に漂う板切れのようなもので、板切れに止って束の間の安息をえる小鳥のように、人は名によって、この世を束の間生きるのである。それは、大いなるものの計らい、慈悲ではなかろうか。人間は、大いなるものの計らい、慈悲によって、名も色もある具象の世界を生きて、無名の生々流転の世界に帰って行く存在だというのである。

嵯峨さんは、一九九七年十二月二十八日、九十五歳で永眠された。告別式は、翌年の一月十日、東京の千日谷会堂で、執り行われ、木坂涼が、『愛と死の数え唄』所収の八行詩「碑銘」を朗読した。

ぼくを解き放つはてに

終日(ひねもす)鷗が啼いている
冬の白い日が死の海を遠くまで照らしていて
ときどき笹原の上を薄い雲のかげが通りすぎる
詩人をひとり葬るには
このようなしずかな砂浜がよい
たえず小さな波が斜めから走りよつて
たえず自らを自らの中に埋ずめつづける言葉の砂浜がよい

嵯峨信之の墓碑銘は、林堂一が『時刻表』から選び、富士霊園の文学者の墓に刻まれている。まさに〈心に残る短詩〉そのものである。

遠い記憶のはてにただ一つの名が残つた
その名に祈ろう
晴れた日がこれからもつづくように

注記・嵯峨信之氏の作品には難解詩もあったが、ここに挙げた短詩を読むだけで、その難解さは、現代詩のそれとはまったく異質であることがわかる。吉本隆明氏は『修辞的現在』で次のように述べている。「我が国の戦後詩は、生活の現実の場それ自体に〈意味〉を失ったところから発している。現実の場から修辞的な場へ〈意味〉を移しかえようとする無意識の願望がある」「言葉の世界がほんとの世界と同等の重さ、同等の総体性としてつかまえられるという根拠のもとに、一群の〈若い現代詩〉は書かれている。」と分析している。『日本語のゆくえ』で、同氏は、その種の現代詩について、『「過去」もない、「未来もない」。では「現在」があるかというと、その現在も何といっていいか見当もつかない「無」なのです』と批判している。嵯峨さんの修辞は、人生に根差す深い意味を伝えるための修辞であった。このままでいくと現代詩は間違いなく滅びるに違いない。

（「ＰＯ」１６０号より転載＝１７８号／２０１７・４）

時代の悲しみを宿した芸術——良寛「毬つき唄」と伊東静雄

何年か前、諫早の伊東静雄賞の授賞式で〈時代の悲を宿した芸術—良寛「毬つき唄」と伊東静雄〉と題する講演をした。良寛に対する私の関心は、「天保飢饉瞽女くどき」という瞽女唄に興味を持って以来である。近代詩の源流を、蕪村の「春風馬堤曲」やこの瞽女唄などがふさわしいと考えていた私はこの瞽女唄について調べていくうちに思わぬ収穫を得た。それが、時代の悲を宿した良寛の毬つき唄ということになるが、まずはその瞽女唄について、作品紹介もかねて、「〈天保飢饉瞽女口説〉控え」なる私の散文詩を引くことから始めたい。

「新潟県の柏崎市立図書館に、関甲子次郎（せききねじろう）という郷土史家の寄贈になる柏崎文庫と名づけられたコレクションがある。明治・大正期に自ら文献を渉猟し、自ら町村を訪ね歩いて記した越後資料七拾八冊、各郡各町村史一〇余冊、遺言によって、閲覧は可なるも貸出しは禁じられている。

私の関心は、天保七年（一八三七）、越後地方の大凶作の惨状を記述した中の瞽女唄一篇にある。〈大雨、大風〉、火事、はしかの流行。天災、人災に加うるに疫病の蔓延。〈藁のふし、松の皮を煮て命をつぐも、飢えて死するもの多し〉作者不詳の唄の内容は左のごとし。

越後蒲原郡　どす蒲原で／雨が三年　旱が四年／出入り七年／困窮となりて／新発(しば)田(た)様へは御上納できぬ／田地売ろかや子供売ろか／田地や小作で手がつけられぬ／姉はじゃんか（天然痘）で　金にはならぬ／妹売ろとてご相談きまる／妾しや上州へ行てくる程に／さらばさらばよ　おとっさんさらば／さらばさらばよ　おっかさんさらば／まだもさらばよみなさんさらば／新潟女衒にお手てをひかれ／三国峠のあの山の中／雨やしょぼしょぼ雉子ん鳥や鳴くし／（云々）／やっと着いたが木崎の宿よ／木崎宿にて其名も高き／青木女郎衆といふその内で／五年五ケ月　五五二十五両で／長の年季を一枚紙に／封をとられたは口惜しはないが／知らぬ他国のペイペイ野郎に／

二朱や五百で抱き寝をされて／美濃や尾張の芋掘るように／五尺体のまん中程に／鍬も持たずに掘られたが／口惜しいな

〈御上納〉かなわぬ故に、売られていく娘の無念さをうたったこの唄が、すでに天保の世にあったことは驚くに価する。採録者のノートに〈天保飢饉瞽女くどき〉と記されてあるこの唄は、しかし近代の瞽女たちの演目一覧にその名を見出すことができない。組織化された体制内瞽女集団の演目からはずされた唄。採録者関甲子次郎は、いったいこの唄とどこでどのようにして出会ったのであろうか。どこか旧家の土蔵に眠っていた冊子の中にでも発見したのだろうか。

秘匿されたうた。由緒正しき瞽女たちの口の端にのぼることを禁じられたうた。私はこのうたを柏崎あたりの海辺の道で聞いたと思う。夏であった。雨の駆け去った後の沖合いにかかる虹を背景に、菅笠をかぶり、たった一人こちらに向って歩いてくる盲目の旅芸人があった。やつれた着衣からしてひとめで離れ瞽女とわかった。男と交り、組織の厳しい掟によって、追放された女は、遊び女の境涯に転落し、国々の港や町々を渡り歩く以外に生きるすべはなかったのだ。雨上がりの道を杖で辿りつつ歩い

てくる女の口から洩れてきたかなしいうた。禁じられたかなしいうたをうたいながら、
私の歌姫は、今も日本近代詩の幻の道をひとり歩き続けているのである。」

引用の瞽女唄は、天保の大飢饉で売られていく、越後蒲原地方の貧農の娘が主人公である。歌っているのは、離れ瞽女であろうと私は推測するが、そうとすれば共に同じ境涯の女たちである。〈どす蒲原〉と生まれ故郷の土地を、はき捨てるがごとく、ののしっているのは、この地方が、信濃川の氾濫によって、しばしば田畑を流され、その度、困窮の積み重なる、いわゆる飢餓の地方であったからである。

この散文詩を書いて、しばらくして、水上勉氏の『良寛を歩く』に出会ったことが、私と良寛をつなぐ機縁になった。娘が売られていく上州木崎の宿に蒲原出身の若い遊女の墓が、例えば、〈転心妙覚信女、越後国蒲原郡地蔵堂村　俗名ちか　行年二十一歳　施主二見屋長左衛門〉とあるように多数あることは知っていたが、〈地蔵堂〉出身者の墓が四基もあり、そこが良寛の毬つき唄の舞台であることを氏によって初めて教えられたのである。上州木崎の宿は日光例幣使街道の一宿で、江戸時代は賑わったという。娘を売らねば生きていくことの出来なかった地蔵堂の土地が良寛の毬つき唄の舞台であるとすれば、水上勉

氏がいうように毬つき唄の味わいも自と変わってくるであろう。
　私は水上勉氏が指摘された問題を解こうとして良寛に近づくことになったのである。良寛の毬つき唄は、はたしてどのように読まれるべきであろうか。朝日古典全書『良寛歌集』には、七首の毬つき唄が収録されている。

霞立つながき春日に子供らと手まりつきつつ暮らしぬるかな

この宮の森の木下に子供らと手まりつきつつ暮らしぬるかな

地蔵堂という地にゆきて

この里に手まりつきつつ子供らと遊ぶ春日は暮れずともよし

子供らと手まりつきつつこの里にあそぶ春日は暮れずともよし

〈地蔵堂〉を含む蒲原地方は、「天保飢饉瞽女口説」にあるように、貧農の娘によって〈どす蒲原〉と呪われ、罵られた貧しい土地であり、飢餓の記憶のなまなましく生きている土地であった。そういう村で托鉢をしていた良寛が、村びとの動静について知らないわけがないだろう。村人の子供が疱瘡で死んだ、あるいは何らかの病で死んだと聞かされて、〈子どものみまかりたる親の心に代わりて〉といった詞書をもつ歌が九首残されている。

去年の春折りて見せつる梅の花いまは手向けとなりにけるかも

あらたまの年は経れども面影はなほ目の前に見る心地せり

こうした歌は子供を亡くした親の悲しみを我が悲しみとする心から発せられている。良寛が最も尊敬する道元の正法眼蔵から唯一手書きし、彼の言語活動の源泉とした「愛語」の章に次の言葉がある。〈愛語ト言フハ、衆生ヲ見ルニマズ慈愛ノ心ヲオコシ、顧愛ノ言語ヲホドコスナリ。…シルベシ愛語ハ愛心ヨリオコル、愛心ハ慈心ヲ種子トセリ〉

愛語とは、愛心すなわち思いやる心から生じ、愛心は〈慈心〉を種子とすると言う。慈心とは仏教の教えのなかで最も大切な〈慈悲〉の心のことである。〈慈〉とは、梵語で、マイトリーといい、命あるものに発せられる思いやり、愛情のことである。恋愛感情のような特定の相手に発せられるものはこれに入らない。〈悲〉とは、梵語で、カルナーと言って、原義は呻きであるが、要するにひとの悲しみ、苦しみを我が悲しみ、苦しみとするという意味である。

良寛の詩歌の言葉が、どこから発せられているか、といえば、このマイトリー・カルナーの心こそがその源泉であると言えるのである。飢餓の地方にあって、あえて労働することなく、托鉢によって、糊口を凌いでいた乞食僧良寛にとって、貧しい農民がくれる食べ物への返礼は、マイトリー・カルナーの心に満ちた言葉を返すことであった。仏の言葉を返すことであった。

良寛の毬つき唄は、この慈悲（マイトリー・カルナー）の心を離れて考えることは出来ないのである。禅僧の世俗を超越した、自在な天真爛漫な境地であるとか、のどかな平和な農村、ユートピアの象徴であるとか言った言説は間違いであると思う。良寛詩の根底には、〈どす蒲原〉と呪い、罵って、売られて行ったこどもたち、あるいは、いずれ、売られ、餓死し、病死するかも知れぬこどもたちに対する深い憂いを、その明るい表層の底深くに沈めた唄、と考えるのが正しいのである。彼の座右の銘に〈君看ずや双眼の色、語らざれば憂いなきに似たり〉という言葉がある。語らないからといって私に憂いがないのではない、眼を見てくれ、私の眼をみればそれがわかるというのだが、彼の毬つき唄には、彼の憂いが、底深い悲しみが沈んでいるように思われる。それはその土地に生きる他ない越後蒲原地方の農村の呻き、悲しみであると同時に江戸末期幕藩体制の時代のはらむ矛盾、痛ましさ、悲しみであった。彼はその毬つき唄で、子供たちと遊ぶのどかな春の日よ、どうか永遠に暮れないで欲しいと願わずにはいられなかったのである。

この良寛の毬つき唄は、伊東静雄『わがひとに興ふる哀歌』所収「行つて　お前のその憂愁の深さのほどに」の掉尾〈群るる童子らはうち囃して／わがひとのかなしき聲をまねぶ……（行つて　お前のその憂愁の深さのほどに／明るくかし處を彩れ）〉の精神と、深いところで繋がっていると私は思う。敗戦間なしの昭和二十二年十二月に上梓された最後の第四詩集『反響』は、日本浪漫派詩人として彼が信じていた祖国日本が滅びるという深い悲しみ、失意のなかでうたわれた詩集である。作品「夕映」を引く。

わが窓にとどく夕映は
村の十字路とそのほとりの
小さい石の祠(ほこら)の上に一際かがやく

そしてこのひとときを其處にむれる
幼い者らと
白いどくだみの花が
明るいひかりの中にある
首のとれたあの石像と殆ど同じ背丈の子らの群
けふもかれらの或る者は
地蔵の足許に野の花をならべ
或る者は形ばかりに刻まれたその肩や手を
つついたり擦（こす）つたりして遊んでゐるのだ
めいめいの家族の目から放たれて
あそこに行はれる日日のかはいい祝祭
そしてわたしもまた
夕毎（ゆふごと）にやつと活計（くわつけい）からのがれて
この窓べに文字をつづる
ねがはくはこのわが行ひも

あゝせめてはあのやうな小さい祝祭であれよ
假令それが痛みからのものであつても
また悔いと實りのない憧れからの
たつたひとりのものであつたにしても

この作品には、第一詩集『わがひとに与ふる哀歌』に存在した作者の魂の象徴のような強烈な太陽の光線はない。愛と死にたいする至高の憧れは、もう見ることができない。深い失意と悲しみの中にあって、詩人は、夕映えのなかで、地蔵さまに野の花を供えて無邪気に遊ぶ子供たちの〈かはいい祝祭〉にわが詩業もあのようであれと祈っているのである。もはや詩人の内面に〈わがひと〉も〈わが死せむ美しき日〉も存在しない。彼が見ているのは、幼い者らの無邪気な可愛い遊びである。〈祝祭〉である。汝と我の間にあったいと高く美しきものは去った。彼は〈祝祭〉を遊ぶ子供たちに只々祈るのである。

この作品に登場する〈幼い者ら〉は、例えば昭和十五年生まれの私と同世代である。詩集の発刊された昭和二十二年は、私は、小学一年生であった。幼年の私たちのままごと遊びを、〈小さい祝祭〉として、〈痛み〉と〈悔い〉を伴いつつ、祈っていた詩人がいたことは、ごく最近になって、私に理解できたことである。良寛歌の手毬つく子供たちも良寛和尚の深い悲しみと祈りは知らずに、おそらくは過酷な人生を終えて行ったに違いない。私は、私の背後にあって、私たちの〈かはいい祝祭〉を見つめていた、たくさんの眼差し――マイトリー・カルナーを宿した眼差しに気づくことが、詩を書くという行為ではないかと思うようになっている。

（179号／2017・6）

佐藤モニカ『サントス港』について——第40回山之口貘賞受賞

佐藤モニカ詩集は、二つのテーマを持っている。沖縄移民への問題意識と、我が子の出産、いのちの誕生の歓びである。共通するのは、すこやかで、爽やかなウタである。人生全般にわたる聡明な音楽である。

〈サントス港へ行きました／とおい昔の出来事です／／潮の匂いをひきながら／サントス港へ着きました／ながいながい旅でした／／…その間沖縄では戦争が／故郷が戦場になるなんて／誰が想像しえたでしょう／／…お互いに苦労しましたね／皺だらけの手と手を取り合い／再会を喜びあえば／この両手は勲章です／私達が生き抜いた証です／／またいつか会いましょう／そんな約束を交わして／どうぞ笑顔で別れましょう／／…サントス港へ行きました／ほんの昔の出来事です〉（「サントス港」）

タイトルポエムは、ブラジルから沖縄へ里帰りした人たちと今は沖縄に住むブラジル移民経験者との沖縄での再会と別れをうたった全八十数行に及ぶバラッド風の傑作である。大変なご苦労があったに違いないが、この作品には、人生の辛い涙をのみ込んだ爽やかな音楽が流れている。賢者の音楽と言ってよい。向日性の聡明な音楽は、この詩集からあふれるように聞こえてくる。

作者はブラジル移民の曽祖父と祖父母を持ち、母親もブラジル生まれのブラジル育ちだが、作者は、日本で生まれで、現在は沖縄在住である。しかし祖父母の住むブラジルの家で幼少期を過ごした経験もあって、それがこの詩人の原風景を成している。従って、例えば家のカーテンを開けて、隣家のサトウキビ畑を眺めているといつの間にかブラジルの風景と重なるのである。そればかりかキビ畑で働く〈亡くなった曽祖父や祖父　大叔父や大叔母／それから　海を渡った多くの日系人たち〉の幻まで見えてくる、話し声まで聞こえてくる、時空間を瞬時に移動するという現象、いわゆるデペーズマンと言われる表現方法は、この詩人の生得のものと思う。

この詩集には、移民の物語のほかに我が子の誕生の物語がさわやかな音楽を伴ってうたわれている。

〈見ましたか／サトウキビ畑の向かいの家に／可愛い赤ちゃんがやって来たのを／／見ましたか／白いおくるみに包まれて／小さな赤ちゃんがやって来たのを／／サトウキビ畑の／サトウキビたちがしきりに噂をしています／／…サトウキビ畑の／サトウキビたちが／さやさやさやさや／風に揺れ　やさしい／雨音のような音をたて／揺れています／さやさやさやさや／やさしい音に包まれて／赤ちゃんの泣き声が／聞こえてきます／／赤ちゃん／赤ちゃん／たくさん眠って／おおきくお育ちと／サトウキビたちが／囁いています〉（「来客」）

この沖縄のサトウキビ畑は瞬時に時空を超えて祖父たちが切り開いた広大なブラジルのサトウキビ畑と重なる。〈さやさやさやさや〉風にそよぐサトウキビの囁きに、遠い曾祖父や祖父たちの歓声が聞こえてくる。赤ん坊を覗きこむ老人の深い皺や慈愛に満ちた眼差しまでが、見えてくる。まるで宗教画の世界のようである。

佐藤モニカには、詩人の背中を押す御先祖を始めとする見えざる大きな力が働いているようである。その点で彼女はすでに沖縄の詩人の本質を備えているのだ。御先祖を始めとする日本の開拓者も、ブラジルの大地も、沖縄の人や風土や文化も詩人の背中を押しているのである。

もう一点、この作者の尋常ならざる点は、「まなじり」「鍵」などの作品に登場する〈猫〉〈黒猫〉である。この猫は、おそらく作者を越えたはるか遠いところからやってきたのだ。佐藤モニカ畏るべし。垢抜けした詩集と可能性に満ちた詩人に脱帽する。

「月」

月がひときわ美しい夜
誰かが一枚のお皿のようにぴかぴかに磨きあげ
見上げてくれる人を
待っている夜

近くの公園では猫たちが集会をしている

まとまらない話を
どうにかまとめようと試行錯誤して
待っている夜

斜め向かいのアパートでは電話の前で女が
長い間冷たい男から今夜こそ連絡が
あるんじゃないかと
待っている夜

私は私で
なかなか眠らない子を両腕に抱き
部屋から部屋を歩きまわって
待っている夜

夜という器のなかに

たくさんの人生が詰め込まれている

ぴかぴかしたのやら
ぐしゃぐしゃしたのやら
ほんわかしたのやら
それこそ
いろいろな夜

子は今　薄暗い廊下をわたり
扉をノックしているところ
もうすぐ　小さな扉はひらき
その扉の向こうに　夢の国はある

おやすみ　坊や

＊佐藤モニカ＝一九七四年生まれ。名護市在住。歌人・小説家。第二十二回歌壇賞、第三十九回新沖縄文学賞、第四十五回九州芸術祭文学賞最優秀賞受賞等。

（180号／2017・8）

詩人賞の新しい風

六月号には、今年もまた新しい受賞者の作品がずらっと並ぶ。この度は、どういう詩人が受賞したのだろう。どんな内容のものが選ばれたのだろうと、読むのが楽しみな号である。現代の詩が、どういうところに来ているのか、感動したり、疑問に思ったり、興趣つきない思いがする。詩集賞の数も多くなって、昨年六月号の本誌をみると、13の賞の作品紹介がなされている。これ以外に、理由はわからないが、掲載されていないけれども、社会的に認知された賞も含めると、20近くはあるに違いない。すごい数だと思う。その数に比例するように現代詩を読む一般読者がついてくれたらと思うけれども、この難問は、解決の糸口さえ見つからない。

しかし少なくとも、受賞者は、未来の受賞者も含めて、受賞を契機に、これからの現代詩を牽引する役割と期待を担わされる。これだけは、まちがいがない。詩を愛し続けて生涯を終えた有名、無名の詩人たちに報いるためにも、そして、彼等が、私たちが、使ってきた美しい日本語の伝統文化のためにも、どうかよろしくと活躍を祈る他ない。編集者はこのエッセイを「新人賞の新しい風」というタイトルで要請された。受賞者に現代詩への〈新しい風〉を期待してのことと思う。

詩人は、それぞれ作品を書くにあたっては、根本的に、極めて個人的な動機―これを書かなければ生きていけないというような一種の宿命のようなものを背負っているので、書いたものが、現代詩に新風をもたらすかどうかは本人にはわからない。わからないだけではなくて、関心がないというのが正しいだろう。こんな思想で、こんな斬新な文体で、こんな展望をもって、詩の歴史にこんな新しい領土を切り開けたらと思っても、批評家と違って実作者は、自分の生理や環境や生育の歴史に絡めとられていて、結果として宿命的な自分のウタをうたうほかない存在である。そういう宿命を背負った受賞者に、私は、これ以上、高みから、批評家風にものをいうのは気がとがめる。それで、過去の受賞者の一人として、少し気楽に、自分が詩を書き出した動機や、偶然の恵みともいうべき受賞のいきさつや、その恩恵や、私の背負ってきた立場からする現代詩にたいする二、三の感想や意見等を述べて、現代詩にたいする〈新しい風〉に寄与するかどうか、はなはだ覚束ないけれども、その責めを果たしたく思う。

私は小さい頃から、神経質であまり健康に恵まれなかった。風邪を引いたり、胃をこわしたりしては、学校を休んだ。脈拍が乱れて、心臓病で死ぬかも知れないと思って、母親に手を握ってもらいながら、医者の往診を待ったこともある。バスや電車にも少し長く乗ると車酔いした。内科の名医に診てもらったら、君は、生涯、すき焼きでも腹いっぱい食べられない体質だといわれた。

そういう体質であったからか、繊細で、静かで、儚げで美しいものが好きであった。体が自然に要求したのかも知れない。しかし人間の命とは、不思議なものである。私の体は、弱々しく、神経質で、バランスを欠いていたが、生き抜くために、何とか強く、逞しくなろうとしていたようにも思われる。

昭和二十年代の終わり、中学生のころ、私は心に、儚げで、美しいものを住まわせながら、吉川英治の「三国志」や「宮本武蔵」などを読み耽り、家の前の散髪屋に出入りして、将棋に熱中し、溜り場になっていた近在のアウトローたちの、肉体の損傷を恐れぬ喧嘩話、失敗談の類を聞くのが好きであった。

散髪屋の十六歳年長の将棋敵のあきちゃんは、戦争帰りのアナーキーなアウトローであった。堂々とした体格で、源氏三代の墓があることで知られる大阪南河内の壺井村の〈マッカーサー〉という侠客と葡萄畑で喧嘩をして、勝利を治めて以来、近在の村々の極道たちは、なにかというと表敬訪問にやってくる。私は、喧嘩や博打や女や、梅毒や刑務所暮らしの話などを興味津々に聞きながら、将棋の相手を務めた。それが小、中学時代の日常であった。このときの体験が、文壇将棋四段の詩学社の嵯峨信之氏を負かすのに役立つとは思いもよらなかった。

どうやら私は、この世ならぬ儚げで美しいものを愛しながら、一方で泥にまみれた俗界の、無鉄砲で、行動的なものにも惹かれるところがある少年として、双方の相克のうちに育ったらしい。心身の、二つの矛盾したものが、双方の食材のよさを活かしたおいしい料理のように、見事に止揚、調和されて、心にしみいるように入ってきた詩集があった。その詩集によって心身のバランスが回復したといってもよい。昭和三十三年、高校二年の秋、お隣の一歳年上の幼友達が貸してくれた、井上靖詩集『北国』であった。

冷たいほど美しいものと、虚無的で行動的で男性的なものが、抒情と叙事が、この詩集には、見事に統一されていた。私は『北国』に心底感動し、受験勉強を忘れて、その文体を真似ることに熱中し、稚拙な散文詩をいくつも書いた。それから二十九年たって、その井上靖氏から第一回福田正夫賞を手渡されることになったのだから人生はわからない。

大学生になったのは安保闘争の前年の昭和三十四年である。神戸大学の姫路分校で寮生活を送り、安保条約が、どういうものかよく分からぬままに、安保反対のデモに明け暮れていた。その頃、ドストエフスキーの全集を読んでいた同室の文学好きの友人が部屋の壁に書いた〈人間の血の流れているのが嫌になり今日も騒ごうと思った〉という落書きにひどく感心した覚えがある。なんとなくこれが本当の文学だと思った。私は自分のなかにある脆弱な抒情は、とうてい外にだすのは憚られる気がしていた。

大学を出て二年後に、私は大阪の釜が崎に隣接する工業高校の定時制で国語の教師をすることになった。暇があれば、古本屋歩きをし、四季派、浪漫派、荒地や櫂の詩人たち、寺山修司、塚本邦雄などの詩集、歌集を集めるのを趣味としていた。好きな詩歌は分厚い大学ノートに目次を作って書き写し、幾度となく読み返した。その頃、伊東静雄の「曠野の歌」に心酔して、セガンチーニの絵を見に、倉敷美術館に行ったりした。職場は、生徒も教師もほとんど男ばかりで、詩を書いていますということはとても口に出せなかった。

三十九歳で出した遅い私の処女詩集『二月のテーブル』は、長年の心の中の秘め事を白日のもとに曝したようなもので、初々しいが、弱々しくて、とても恥ずかしい。それに国籍不明の作品であったことも、今は大きな反省材料である。杉山平一氏が、朝日新聞の批評欄で、美しいが浅い、深みがないと一刀両断であった。しかし思いがけず、辻邦生氏や安西均氏から礼状をもらったこと、特に安西氏の葉書は嬉しくて思わず声をあげて泣いた記憶がある。社交辞令的な、ほめ言葉にも、敏感であったのである。

以後、安西氏の作品に自然と親しむようになったが、井上靖氏と安西均氏の共通点は、新聞記者出身ということである。したがってその文章はまず読者にわかることを大前提としていた。その上で深く、感動的なものを書くことができればベストである。そういう詩人の影響を最初に受けたことは、私にとっては幸いであった。

安西氏は日本の古典に造詣が深く、万葉の〈まこと〉伊勢の〈みやび〉江戸前の〈粋〉の美意識を大切にされていた。氏の作品は、完熟したおいしい果物のようで、果実を味わいながら、ビタミンCをはじめとする種々の栄養素―〈まこと〉や〈みやび〉や〈粋〉の美学を現代風に摂取することができる。そして翌朝にもまた食べたくなる。氏の作品に限らず、すばらしい詩作品というものは、皆そういう味わいのものではないかと思う。

『二月のテーブル』を出した後、辻邦生氏が推奨されていた、ソーントン・ワイルダーの『わが町』を読んでひどく感動した。アメリカにもこんな静かな小説を書く作家がいたのかと思った。人の世を流れる時間。なんでもない平凡な日々の時間が、実は、いかに大切で秘密に満ちているかということ—神のみぞ知るその時間というものの謎めいた性質にひどく魅せられたのである。

ワイルダーの影響下に「日の謎」「変になつかしい冬の日よ」といったタイトルの詩を書いた。あるとき阿部昭氏『短篇小説礼讃』(岩波新書)を読んでいたら、日本の文学者で、そのような時間の秘密にふれた作家として、すでに明治時代に、国木田独歩がいたことを教えられた。(実際に独歩の作品に〈日の謎〉という言葉が出てきて、驚いたことがある)独歩好きの阿部昭氏もまた同じポエジーの持ち主であり、『人生の一日』『変哲もない一日』といった魅力あふれる作品があることを知った。

私なりの〈人生の一日〉を書こうとした第二詩集『日の門』は、一九八六年詩学社から出してもらった。詩誌「七月」の詩話会で知り合った嵯峨信之氏と手紙のやり取りが続いていた。一九八〇年代の半ば頃、私は上京のたび、詩学社で将棋を指し、夜は、嵯峨さん宅に泊めてもらっていたのである。嵯峨さんは、明治人らしい気骨と繊細さを併せ持つ、なつかしく、慈愛に満ちた人柄であった。詩は難解であったが、その難解詩には、すばらしい魅力があった。難解詩にも良きものがある。私はひそかにミスター現代詩と呼んでいた。

H氏賞の候補に上がったが、結果は佐々木安美、永塚幸司両氏の同時受賞と決まった。受賞を逃したときはがっかりしたが、今から思うと、結果的には、落ちてよかったとも云える。人生の禍福はまことに糾える縄の如しなのである。

なぜかというと、その後に井上靖氏の選考による第一回福田正夫賞の知らせが舞い込んできたからである。まったく予期せぬできごとであった。

高校生のとき『北国』を読んで感動した私は、大学生になっても、井上靖選集を読み耽った。氏の小説や詩における永遠の時空間と小さな人間の営み、運命や天命にたいする考え方、それらは私の詩を書く動機となり、平家物語を生涯手放さなくなった要因となっていた。

授賞式の夜に、私邸に招かれた思い出は忘れがたい。一九八七年の十二月だったと思う。

井上先生は新潮連載の「孔子」の原稿を最後に、その年の仕事をすべて終えられ、すこぶる上機嫌だと聞いていた。〈お疲れでなかったら自宅の方にいらっしゃい〉と云われたのである。故福田正夫氏のお嬢さんで、賞を創設された福田美鈴さんが、こんな機会はめったにないからと強く勧めて下さった。それで「焰」の同人の方たちと一緒に、伺うことにした。

詩集『北国』に出会って以来、三十年近い時間が流れていたのである。私はようやく憧れの文人の家を訪れることになったのだ。署名入りの限定版『遠征路』を頂き、〈上京の折にはいらっしゃい。なんのもてなしも出来ないが、お酒の相手なら致します〉というリップサービスつきで。なんという幸運であろう。

そんな出来すぎたことが起っていいものだろうか。これはたんなる偶然だろうか。それともこの偶然には意味があるのだろうか。以後も、私は、この種の出来事に遭遇するたび、ユングのシンクロニシテイという言葉を思い出し、この世の不思議について、畏怖と賛嘆の念を抱かざるをえなくなった。

井上靖氏は、天下国家に関心と責任を持つ〈士太夫〉の文学の文人であった。述志の詩人であったから、現今の詩界の潮流になじまないようだが、人間の生死や孤独な人間の生き方を正面に据えた、骨格のある作風は、柔な戦後の民主主義教育を受けた自分にないものを感じて、私は大いに魅了された。歴史や時代、社会と人間が切り結ぶ劇的なもの—そこから生じる抒情精神に、しびれたのである。

『日の門』には、もう一つ好運な出来事があった。作家の阿部昭氏から礼状が届いたことである。以後氏が亡くなるまで、わずか数年の間であったが心温まる交信が生じた。

氏の文章には、平凡な日常生活の中に人間のあらゆるドラマが隠されている。自分はそれを書くのだという私小説的作家の矜持と覚悟がひそんでいたと思う。リアリストで、ユーモアがあって、とびきり文章が上手かった。阿部さんの短篇小説作法の言葉は、詩の作法にも通じていて、私は今もひそかに信奉している。

〈あるがままの人生／長い熟視／ひそやかな感動の声〉

『日の門』を出してから六年。一九九二年に湯川書房から『沙羅鎮魂』と『地球の水辺』の二冊を出してもらった。『沙羅鎮魂』は、平家物語を材料にしたものである。一族の滅亡と滅亡の運命に抗う人間を書いた叙事詩は、夜学の教師をしながら、昼大学院に通った私のささやかな研究テーマとなっていた。

平家物語冒頭の〈祇園精舎の鐘の声／諸行無常の響き有り／沙羅双樹の花の色／盛者必衰の理を現す〉の詩句中の沙羅の物語は、『ブッダ最後の旅』という経典に典拠がある。終焉を迎えるブッダの体の上に降りかかり、降りそそぎ、散りそそいだ花のことであるが、平家に親しんで二十数年たって、突然、この花の下に平家一門の死者たちが横たわっているという閃き、幻想が生まれた。それがこのレクイエムの物語の冒頭に置かれた詩句の意味だろうと考えた。この樹下幻想は、やがて、源氏方の将兵にも、あの動乱の時代の全ての死者にも及ぶこととなった。さらに時代を超えて、何故か生者の上にも降りそそぐ花となった。〈人間はサーラの花の散る宇宙を旅しているのだ〉そんな詩句が浮かぶに及んで、私はストイックな研究者に不向きな人間であることを思い知らされた。リアルなもの、現実への〈熟視〉から幻想が生まれる。これは身を持って体験した重要な私の持論の一つである。

〈…長い内面への旅の途上／私は沙羅の花咲く無人の地を通過した／その樹の下で／静かな微笑みを浮かべて女が立っていた／お待ちしていましたと女が言った／万年の時が流れていた／サラサラと／花びらが／宇宙のやみを滑っていた〉（『地球の水辺』「サーラ」の末尾）

作品「サーラ」を収めた『地球の水辺』は、好運にも第43回H氏賞を受賞した。そのときは家族全員が揃っていて、まだこの世に健在であった愛娘が買ってきてくれた好物のバームクーヘンと紅茶で祝ってもらった。その幸福な夜のことは、未だによく覚えている。その後、近畿大学に職をえたのもH氏賞のお陰だと感謝している。

受賞してわかったことは、その詩集に理解ある選考委員に恵まれるかどうか。それが運命を分ける気がする。次の『プシュパ・ブリシュティ』も私はとにかく好運に恵まれたのだとしか云いようがない。

受賞の言葉で、どうしても私は『地球の水辺』が阿部昭氏の思想の影響下になったことを書いて置きたくて「…故阿部昭氏の眼は、氏の好きだった国木田独歩の、〈(われわれは)みなこれこの生を天の一方地の一角に享けて悠々たる行路をたどり、相携えて無窮の天に帰る者ではないか〉という、氏の言葉で云えば〈芥子粒のような人間〉の生活の方に注がれていた。名もなき一小民に隠されている人生の真実を氏は大切にしようとした。…『地球の水辺』を流れる精神も、無辺際の天に帰る〈芥子粒のような人間〉への愛惜をおいて他にない。…ここに故阿部昭氏との束の間の交信のあったことを記して、氏の徳に報いたいと思う」。と記した。

私は、井上靖、阿部昭、宮本輝といった詩心を秘めた小説家の作品が好きである。彼等は読者にわかる文章を、しかも飛び切り上等の文章を書こうとしている。そうでなければ作品が売れないからである。ただわかりやすいだけの詩はつまらないが、わかりやすくて深い感動を与える詩が昔はいっぱいあったように思う。詩集を読むのが楽しかった。本音をいうと、最近、詩を読むのが少々苦痛になっている。例えて云えば、餃子を食べたもの同士ではわからないが、一般読書子には、強烈に匂うというような、現代詩特有の臭みとわかりにくさを持った作品が、多すぎるように思うのだが、どうだろうか。

戦前の詩人の作品は、熟れた果実のようにおいしかった。戦後も、「櫂」や「歴程」全盛期の詩人たちの詩は、おいしかった。未知の果実でもよい。ドリアンのような臭気があっても構わないが、やはり詩は、まずおいしい果実であって欲しい。果実でなくてもいいが、フランス料理や中華料理でも一向にかまわないが、何度でも食べたくなるようなおいしい料理のようなものであってほしい。

受賞詩集には、様々な要因が絡まりあって、受賞に結びついている。そしてそのことがまた様々な要因と絡まって、次の詩集を生み出していく。受賞が好運な偶然の重なりに見えることは否定できない。が、その偶然の背後に、なんらかのミューズの神様の、後押し、はからいがあったと考えてみるのも悪くない。

われわれは一人で詩を書いているわけではない。日本の詩人の場合は、日本語の伝統とそれを生み出した日本人の精神生活の営み、それらと深いつながりを持つ日本の自然や風土、国土の力、それらに宿る神々の一切の力が複雑極まりない因果的連関によって、今日の一人の詩人の背中を押したと考えることができる。そうとすれば、未来の受賞詩人も、あるいは受賞など眼中にない無冠の詩人も含めて、われわれは、作品創造の根源をなすものに、畏怖と賛嘆の念をもって、一段と覚醒的、自覚的になってよいのではないかと思う。

最近の教育現場では、「仰げば尊し」も「蛍の光」も定番だった小学唱歌もすでに歌われなくなりつつあるという。日本人の感受性の断絶が進んでいる一例である。伝統的なものとの繋がりがずたずたにされている。日本語の営みの根が抜かれようとしているのである。時代社会の暗部で何が進行しているのか。私はこういうことにも自覚的でありたいと思うようになっている。

〈詩人賞の新しい風〉というせっかくのテーマを与えられながら、古い昔の風をなつかしんだだけで終わったかも知れない。が、温故知新という諺もある。どうかご寛恕願いたい。

（「詩と思想」２０１０年６月号より転載＝アリゼ１８１号／２０１７・10）

『昆虫記』林堂一詩集

林堂一様

第10回現代ポイエーシス賞御受賞おめでとうございます。

御詩集『昆虫記』（編集工房ノア）は、現代詩の通弊である難解さから、はるかに遠く、月並み・凡庸な詩からは、さらに遠い、近代詩の先達詩人たちが磨き上げた口語自由詩の一つの頂点を極めた作品と思います。卓越した技量によって、お作品は、圧縮と凝縮、象徴と暗示に満ちて、久しぶりに詩を読む喜びに満たされました。

あなたの敬愛するまど・みちおさんに、軒端のくもの巣にかかった蚊と遠い宇宙の星が同じに見える詩がありましたね。遠い距離から見ると、ちいさな蚊と、大きな星が同じに見える場所があるのですね。あなたは、小さな昆虫に、人間と宇宙の森羅万象を封じ込めたばかりか、自分と自分の人生まで封じこめました。

御詩集は、一種の自画像といって良いのでしょう。そこから立ちのぼる微苦笑、苦(にが)いユーモアとペーソスは、だから玄妙そのものです。短い詩行に詩の精髄がこもっています。あなたの御詩集に啓発される心ある若い詩人が必ずや現れることを現代詩の希望として祈っています。改めて御受賞おめでとうございました。

二〇一五年十一月二十三日

III

さようなら、阿部昭さん

〈さようならだ、永かったつきあいも、これでさようならだ。〉

父の死を描いた阿部昭さんの名作『大いなる日』の冒頭である。阿部さんが急逝された。〈それはないよ〉と言いたい。阿部さんの文学は、確固とした人生観から生まれていた。従って、ぼくのような無名の人間ともつきあわれたのだと思う。第二詩集をお送りして以来のことで、ほとんどは一方的な阿部さんの御好意であった。最後の御本は、昨春出た『晩歌と記録』で、お礼状を認めると、〈貴兄の声を心待ちにしていたので、うれしい連休明けになりました。妙な本を、と思ったりもしていましたが、出してよかったと思いました。〉と返書が届いた。お礼状にはまた礼状を下さるというふうであった。アリゼ創刊当時、『エッセーの楽しみ』を送って下さって、感想を述べると、〈拝復、先日はお気持のこもった、いいお手紙をいただいて、うれしく存じました。未だ見ぬ貴兄を、なんだかひ

ど く近しく感じています。〉とあった。そういう文面に接すると、文壇に背を向け、頑固に自分の生活を生きている阿部昭という作家の〈人間〉にふれた気がして、勇気を与えられるのであった。ぼくは阿部さんからどれだけ人生を学んだか知れない。実際上は短い期間であったが、作品を通しては、長いおつきあいであった。これからもぼくは益々深みにはまるだろう。さようなら、阿部さん。

（「アリゼ」12号／1989・7）

小山しづさん追悼

一九四五年五月九日　十五歳の肺病やみの私に　未来は／なかった…その日　／雲は巨大な黒いきのこに化けて　紺碧の空を覆うた　／火薬工場から　強制送還されたとき　肺は痛くも痒くも／なかった　疼くのはこころだけ　みんな戦っているのに／みんな飢えているのに　みんな家に帰りたいのに／／敗戦の日の真夜中　用水路のほとりにうずくまって　私／は泣いた　あした　何を信じて　どうすればよいのか　／抗いようもない濁流に押され　葉かげにひっそりと咲い／ていた菱の　白い小さな花がよるべを失って　流れて／いった…（「祈る」）

こんな詩を残して、創刊同人の小山しづさんが急逝した。劇症肝炎である。自分のことを〈みんな〉より後まわしにしたために、逝ってしまったしづさん。日本ペンクラブの事務局で、世界中の獄中作家に励ましの便りを書いたしづさん。結婚して四日目に夫を亡くしたドイツ人の若い寡婦に、井上靖「挽歌」英訳を届けたしづさん。故井上靖氏も、私のような者でさえ、関りを持った人であなたのお世話にならない人はありませんでした。敗戦の夜、あなたは、ひとりで泣いたという。それはどんな決意であったのか。濁流に押されながら、葉かげに咲いていた白い小さな菱の花の美学を、あなたは生きようとしたのでした。動乱の時代を、なんと必死に、なんとけなげに。しづさん。あなたは〈菱の花〉の詩人でした。あなたの流れつく岸辺が、そんな美しい花の浄土でありますように。合掌。

（38号／1993・12）

安西均先生追悼

安西均先生が二月八日（一九九四年）午後三時四十三分永眠された。十六日の告別式には、大野新氏と、アリゼ同人の林堂一氏、吉崎みち江さん、丸山真由美さん、それに私の五人が参列した。いずれ、この日がくると覚悟はしていたもののやはり淋しい。先日、『詩学』に、追悼文を送ったが、一種の虚脱状態が続いている。

先生は、古事記・万葉集・古今集・伊勢物語・新古今和歌集それから江戸の俳諧にいたる日本人の美学の伝統を現代詩に活かそうとされた、明治以降、稀有の、傑出した詩人であった。単に、日本の古典を素材にしているというだけでなく、万葉びとの〈清き明き〉心や、王朝びとの〈みやび〉や、江戸前の〈いき〉の美学を身につけておられた。先生は、大変な勉強家で努力家で、酔って帰られた日も、机に向かわれたそうだ。もっとも、そういうところを人前にさらさないのが先生一流の美学であった。

〈七月〉〈アリゼ〉を通して、先生は、しばしば私たちの未熟な詩に批評をくださった。〈今回は勝ちを君にゆずる〉そういう言葉が、どれだけ人を育てるか。安西均氏は、私にとって、まことによき〈先生〉であった。いや、私に限らず、アリゼ同人の多くが、そうであっただろう。先生は、アリゼ創刊の準備会にもわざわざ出席してくださった。お見舞いの時、秋の合評会は、嵯峨さんと御一緒に、大山の麓でやろうと思っていたのですよと云うと、〈行きたいよ〉とにっこりされていた。先生、〈異界の厠〉から、早春の地上が見えますか。

（40号／1994・3）

山下春彦氏追悼――〈目を開けて〉見る夢の詩人

同人の山下春彦氏が、三月十一日(一九九七年)、肺炎で、この世を旅立たれた。八十五歳であった。氏は、昨年(平成八年)の二月、アリゼ51号から同人となり、十二月に第二詩集『春の日はまひる』を上梓した。それから三カ月ばかり。あまりに束の間であったが、私にはなつかしく忘れ得ぬ人である。

氏との出会いは、一九九五年九月に出された第一詩集『誰もいない』を読売新聞の九月の詩評で寸評したのが機縁であった。氏の作品は、生の不思議と、生への愛惜の念にみちていた。

氏はここ一年ほどは健康がすぐれず、自宅で療養中であったが、肺炎の症状が重く、三月三日、入院し、家族も招集された由、よしえ夫人から伺っていた。九日の夜、二人きりになった病室で、夫人が結婚生活をふりかえり、〈楽しかったですね〉と語りかけると、言葉を話す力はなかったが、おだやかな顔で頷かれた。〈いい顔ですな〉というと、春彦氏の目がしらから涙があふれ、良き別れの時間を持たれたということである。

三月十三日の通夜に、私は津山を訪れた。長兄の突然の死で、〈止むなく〉家業の醤油の醸造業に精励して三十年、五十五歳で隠居し、〈自由生活〉をこれまた三十年送ったという、氏の生涯の土地であった津山を、私は以前からなつかしく感じていたのである。

ここは　わたしが／よく知っている町だけど／
秋が深まれば／なぜか／わたしの知らない町に
なる／粗々しいものは／すでに　もう／遠く
わたしを過ぎたけれど…
（「わたしの町」）

〈粗々しい〉ものは、氏の前半の三十年を駆け抜けていった。自由生活に入って、氏は、〈粗々しいもの〉から次第に遠ざかり、読書三昧の生活を送り、氏本来の内省的生活に深く沈潜するようになる。夫人の話によれば、氏は予知能力のある人で、スウェーデンボルグの全集も読んでいたという。氏は、八十歳になって、〈よく知っている町〉に、〈知らない町〉のかげを見る魂の旅人になっていた。

美作津山は、新旧の時間の層が堆積しているように感じられる。〈あの喧噪のただ中で／そのとき　すべての音が消え／すべての動きがとまって／／まるで　絵に描いた風景のように／ふしぎな／見たことのない世界が／そこに　あらわれる〉(「静止」)。津山という町を歩いていると、氏のポエジーが、なんとなく了解されてくるのである。

山下春彦氏には、実在の背後にあるものを思索する宗教家的資質と詩人の魂がみごとに融合しつつ、深化していったのだと考えられる。〈夢の中〉は代表作の一つであろう。

ひとは　目を開けて／ながい夢をみる／ゆっくりと夢をみる／わたしも／八十年の歳月をかけて／ながい　ながい／わたしの夢を　おわる／もっと巨きな／誰かの／見涯てぬ　夢の中で

今生を〈目を開けて〉みる〈ながい夢〉と観ずるポエジーは、魅惑的で美しい。荘子の胡蝶の夢の故事と方向を同じくするが、表現が新しい。また私の愛唱句〈人生とは眠りであり、愛とはその夢である〉というミュッセのうたに比べても、東洋的な深さをたたえて見劣りしない。

氏は、実際に人生を〈目を開けて〉みる〈ながい夢〉と観じていたにちがいない。そして〈目を開けて〉みる〈ながい夢〉が、〈もっと　巨きな／誰かの／見涯てぬ　夢の中〉のできごとだとすれば、この世とあの世は、〈巨きな〉霊的世界として一つのものだと氏は観じていたのであろう。そうとすれば、〈けさ　めざめて／また　あなたと出会〉うことも、〈夏の　明けがたの　ふとした目覚めの時〉も、今生を越えて幾たびも繰り返されるのである。これは佳人との永生を願う思想に相違ない。

氏は、津山藩主の別邸であった、池水と樹木のみごとに配置された衆楽園の畔りに住んでいた。隠居生活には最適の、閑静にして絶佳の地である。氏はそこで、上品な夫人と三十年の〈自由生活〉を送ったのである。夫人は、草木染めと紬織を六十歳で始め、稲垣賞を始めとする数々の賞を受けている。氏は、夫人の仕事の良き理解者であり、完成した訪問着の優雅さと上品さを際立たせる〈夏の名残りに〉〈水匂う〉といったみごとな命名者でもあった。良き伴侶として〈私たちは特別な夫婦である〉と、春彦氏も夫人も共に考えていた。山下春彦氏にとって、衆楽園の畔りの隠居生活は、佳人と共に過ごす理想郷であった。夏の昧爽の刻、氏はめざめて、緑陰のなかに、永遠の時間を感じていたと思われる。

門扉の／こわれた錠を直していると／／西本さんちの／幼稚園のさきちゃんがきて／ずっと　私にかまっている／／こわれたの　まだ直らないの？と／いちいち／心配してくれているのだ／／きょう　私が話をしたのは／この女の子　ひとりだった

（「閑日」）

私をかまい、心配してくれる無邪気で愛らしい少女に、氏は、この世への愛惜、惜別の心をたむける。〈粗々しい〉ものはみな去り、この世には静謐な美しい夢だけが残ったというべきである。衆楽園の畔りの庵は、この夢の工房であった。〈目を開けて〉みる〈ながい夢〉を、氏は、美しい女人との生活のなかから紡いだのである。〈いずれまた　いつの日にか／ふたりが　必ず出会い／共に暮らし／共に摂る／たのしい朝食の　ひととき〉という詩句を、私は率直に信じるのである。

山下春彦氏は、若き頃、〈人々は旅立ち／時雨のやうな声を聴いた／一夜　私は風と契り／その廂には烈しい落葉が散り籍いた〉（「古笛」昭和十年「詩学」所収）とうたうがごとき清新な抒情詩人であった。途中、やむをえず家業をついで、精励すること三十年、家族を養い男子の責任をはたした。後半生を魂の旅人として過ごし、現象界の背後にある霊的なるものの探求に励んだ。

私は、美作津山の詩人、山下春彦氏の人生と作品に、珠玉のかがやきを感じる。〈目を開けて〉みる〈ながい夢〉の一コマとして、私は氏のことをけっして忘れないであろう。

（58号／1997・4）

弔辞──丸山創さんへ

丸山創さん
　とうとうお別れのときが来てしまいました。「骨髄異形成症候群」という聞きなれぬ病名を記したあなたの作品を読んだのは、昨年の九月のことでした。「玉造公園にて」という作品を引用します。

私は公園のベンチに腰を下ろし
「骨髄異形成症候群です
原因不明で治療方法もないので
毎月検査を受けながら
様子をみてください」

という主治医の言葉を反芻しながら
妻に何といおうかと考えあぐねていた

と、記しています。あなたの病気との戦いはこのようにしてはじまったようです。あなたは、その頃、すでに世評の高かった『死へのアプローチ』と『病い覚え書き』という二冊の詩集の作者でした。これらの詩集をつらぬく手法について、故安西均氏は、次のように述べています。〈人間として医師として、さまざまな《死》に立会うが、それを見つめる目、それを表現する態度が、なかなか即物的なのである〉と。あなたは、ご自身の病気や死に対しても、医師としてのこの冷厳な即物的リアリズムの手法を適用し、客観的に淡々と語って、私たちを驚かせました。

それればかりか、あなたは、〈妻に何といおうかと考えあぐねていた〉あの日から、あらゆる配慮を重ねて、自分の死を死ぬことに全力をかたむけた様子です。医師であったあなたには、自分の死がいつ訪れるかを誰よりもよくわかっていたのでしょう。残された日々を、一日一日大切に、一期一会の精神で過ごされたことは明瞭です。死を自己の支配下においたみごとな生き方に、私はただ驚き入るばかりです。

驚きついでに、あなたの第三詩集『インドの犬』について一言いたします。この詩集にも、前詩集と同様に、即物的なリアリズムの手法はつらぬかれています。しかし、一方で、〈リアリズムからの逸脱〉とでもいうべき表現も見られるのです。それは一口でいうと、〈転生〉すなわち生まれかわることについての、あなたの願望、考えが記されている点です。名作「妹の死」は次のようにはじまります。

雪が降りしきる信州から
妹の声が聞こえてくる
「お兄さんこの頃いつも頭が重く
もやもやして考えがまとまらないの
いま聞いたこともすぐ忘れてしまうし
字が思い出せなくて日記もつけられない
手紙も書けなくなってせつなくて
お兄さん　私これからどうなるんでしょう」
答える言葉を探しあぐねている私の瞼に

山の懐に抱かれた妹の家が浮かぶ

これが第一連です
永い年月、慣れない百姓仕事を続けたあなたの妹は、六十九歳で、〈神経膠腫（グリオーマ）〉という悪性の腫瘍にかかっていますが、告知を受けていません。一年余りの命であることを本人は知らないのです。治療に励んでもよくなる気配がないので、医者である〈お兄さん〉のあなたに電話をかけてくるのです。そういうふびんな妹に詩行は次のように続きます。

「さようなら」も言わずに
間もなく死んでいく妹よ
もし本当のことを知っていたら
残された貴重な一日一日を
もっと大切に生きるのではないか
歩けるうちに
行っておきたいところはないのか

意識があるうちに
会っておきたい人はいないか
ものがいえるうちに
言っておきたいことはないのか

妹から電話がかかってくるたびに
声になって出てしまいそうな
そんな気持ちをおさえながら
空しいはげましの言葉をならべたあと
力なく受話器を置いて
山すそにひっそりとたたずむ白い家に
私は思いを馳せるのだ

丸山創さん、あなたご自身は、この妹とは正反対に、残された一日一日を大切に生きることのできた人でした。それだけに、妹さんへのふびんな思いをいっそう強くしたにちがいありません。
〈死亡した妹の大脳は／アカフジツボが着いた船底のように／がん細胞で覆い尽くされていた〉と、冷酷といってよいほどの即物的リアリズムの本領を発揮して、詩行はいよいよクライマックスを迎えます。

さよならも言わずに旅立った妹よ
私の逝く日もそう遠くはない
小鳥に生まれ変わったお前が
私が差し伸べる枝に止まり
晴れ渡った空のもとでさえずる日が
いつか訪れるだろう

〈小鳥に生まれ変わったお前が／私が差し伸べる枝に止まり〉とは、なんと美しい想念でしょう。私は冷厳なリアリズムのすきまからこぼれおちたこの天上の小鳥の声を聞くような詩行に感動いたします。「インドの犬」というタイトルポエムも、思えば、自己処罰的な意味を含んでいるとはいえ、転生への思いをうたった作品でした。

この詩集には、このように、即物的なリアリズムの手法からの逸脱というか、詩法の転身がみられるのです。私はあなたが、実際に生まれ変わること、〈転生〉を信じていたとは思いません。しかし、冷徹なリアリストであるあなたの、この〈転生〉への幻想を哀しく美しいものと思います。これこそポエジーなのだと思わずにはいられません。その意味で、あなたの第四詩集を読むことのできないのが、唯一残念でなりません。

丸山創さん、驚きついでにもう一つ、アリゼ58号のあなたの最後の作品、「Mという海」は、奥様の真由美さんのM、すなわち海のような奥様への感謝の作品でした。

Mよ
僕は君という海に抱かれ
もうすぐ
永遠の眠りにつく

とあります。なんという心にくさでしょう。あなたは死にいたるまで、かくも立派でした。

そして、あなた自身の死をみごとに演出したのです。ふりかえって、あなたの気くばり、あなたの優しさに思い至らないものはいないでしょう。
丸山創さん、こういうあなたには、手も足も出ません。今後ともどうぞよろしくという他ありません。そちらで、どうぞお元気でいて下さい。そのうちにぎやかになるでしょう。お別れです。さようなら。
一九九七年五月二十八日　於　奈良市学園前富雄・大和別院
（「アリゼ」60号／1997・8）

丸山創氏のこと

創刊同人だった丸山創氏が、五月二十六日、骨髄異形成症候群という白血病に似た病気で七十三歳で亡くなられた。三月の山下春彦氏に次いでの悲報である。長いつき合いだったので、おのずと親しむ機会も多かった。

医学博士だった丸山氏は、不治の病気の進行を誰よりもよく知っておられた。一年間の生命と覚悟し、告知論者でもあった氏は、自己の死生観を実践するように、一日一日を大切に生きられた。仕事を続け、会うべき人に会い、詩集をまとめられた。こんなふうに死ねるのかと思うほど、丸山創氏の態度は、いかにも〈自然〉だった。

どこにも書いていないことが一つある。地震のあと、伊丹の知人宅を見舞った足で、氏は近くの尼崎の拙宅にも寄って下さった。底冷えのする寒い夕刻であった。狭い乱雑な家に上がってもらうのは気が引けたので、駅近辺のうどん屋まで歩いてもらった。そのときぼくはしくじったのである。評判の良い店で、ぼくは、夏に天ぷら付きのざるうどんをよく食べた。うまいという頭があった。それで、その日もつい同じものを注文したのだ。どうして鍋やきうどんにしなかったのか、あの日の一寸冴えない見舞い疲れの丸山氏の顔を思い出すたび、申し訳なかったなあと思う。

（59号／1997・6）

追悼・桃谷容子

同人の桃谷容子さんが、ガン性腹膜炎（腹膜ガン）で、九月十九日（二〇〇二年）午後九時五十五分、奈良の天理よろず相談所病院で、四ケ月近くに及ぶ闘病生活のうちに亡くなった。

〈かわいそうな〉という形容を幾度重ねても足りず、私の筆は重く進まない。アリゼ八十八号の「平城宮跡のトランペット」が絶筆になった。

桃谷容子は、あのトランペットの音色のような、健康で高く美しい生への憧れをたえず抱いていた。しかしそれらが自分から遠いものであることを彼女はいつの頃からか自覚したのである。人生に対する不調和の感覚、〈自分とその愛する対象とは異人種だ　星と人間ほど世界が違うのだ……というような　深い諦めの感情〉〈自分が異形だという感覚自分が神が創造される時に手をお滑らしになった失敗作品だという感じ〉〈「調和の幻想

Ⅱ」）を奥深いところでたえず持ちつづけた人であった。

「平城宮跡のトランペット」で、外交官になることを断念して牧師になる決意をした、互いに行為を寄せていた青年の母親から、〈私〉の母親は、子供の結婚について打診される。

〈Mさんのお母様が家にお来しになってね。坊ちゃんのお嫁さんにあなたをいただけないかと言ってこられたの。でもお断りしたわ。うちの娘には牧師夫人はとてもつとまりませんと申し上げて……〉

作者である桃谷さんは、その後を次のように書いている。私はその個所を読むたび、深い悲哀の感情に襲われるのである。

〈私はやはり黙って鰺のマリネを銀のナイフで切っていたが、口には入れなかった。娘に聞かずに断った母を憎んではいなかった。牧師夫人の日常生活は、婦人牧師をしていた母が一番よく知っているのはわかっていた。私はあなたに魅かれていたが、互いに魅かれあっていても共になれない人生がこの世にはあるのだということを、深い諦めの思いで味っていた〉（傍点筆者）

この個所に限らず、彼女が他の作品にも記していた人生に対する〈深い諦めの思い〉という言葉に出会うとき、私は彼女の孤独の深さを真に理解できなかった自分の凡庸を恥じるのである。

広い平城宮跡の空間に〈高らかに青空に舞い上る雲雀のよう〉なトランペットの音色。その生の肯定にみちた音楽に〈憧れ〉ながら、人生と人間に対して〈深い諦めの感情〉を抱かざるをえなかった〈永遠の不調和〉の感覚。彼女は闘病生活のある時期まで、涙ひとつこぼさず自己の宿命を生きようとした。

あれは八月に入ってからだろうか。アリゼ同人の人たちの面会をこばんで、神様に祈ってほしいという望みだけを伝えていた彼女が、同人たちの私信を読みたいと云うようになった。堰を切ったように同人たちの見舞いの葉書きや手紙が連日のように届くようになったある日、彼女は病床でこんなことを云った。〈わたしはこれまで涙を見せなかったでしょう。でも昨日Aさんの手紙に初めて泣きました〉どんな文面のたよりだったのか知らない。彼女はその頃から〈わたし少しつっぱって生きすぎた〉〈みんなこんなにわたしのこと思っていてくれたのね。感謝しなければ〉と云うようになった。

ガンの宣告をけなげに受けとめ、涙ひとつ見せず、つらい闘病生活を続けていた彼女に今から思うと人生との和解の時が近づきつつあったのだと思う。

入院前から彼女は食べるとおなかが痛んだ。腹膜のガンが、外側から腸を何ケ所かにわたって圧迫し、圧迫された部分は細く狭くなって、食べたものが通過しないのであった。だから彼女は闘病中食べるものを一切口にできなかったのである。ほんの少しの液体以外は。水、〈午後の紅茶〉、〈カルピスウォーター〉、スイカ、メロン、桃等の果実のジュース以外は。

大学時代の友人やアリゼ同人の人たちとの面会を求めるようになって、彼女はどれほど食べ物の話をしたことだろう。合評後にいつも行った百楽のフカヒレスープだとか、大根おろしにしらすをのせて、あつあつのごはんを食べたいとか。

抗ガン剤で身体はやせにやせていた。おまけに腹水がたまって、痛みもあった。彼女はしかしガンの宣告を受けたときも〈私は本当のことを云われる方がよい〉といって涙を見せなかった。驚嘆すべき強さ、忍耐力の持主であった。私はとてもかなわないと思った。

話はさか上る。町医者に過敏性大腸炎と診断され、ガスがたまっておなかがふくれるのだという誤診を信じていた頃、五月十二日の合評会後、彼女はもう中華料理を食べることができなくなっていて、それでもみんなと夕食を一緒にしたいと云って、和食の質素な弁当を持参して食べたことがあった。すでにどうかすると痛む症状が出はじめていた。余程心細かったにちがいなく、人とのぬくもりがほしかったにちがいない。

遺産相続で、義理の四人の兄弟と法廷で争った彼女には、母親亡きあと頼りにすべき親族は誰もいなかった。そんな状況のなかで、アリゼの仲間とにぎやかに食事をしたいと願った彼女の姿とその心情を思うと、私はなんとしてでも彼女を救いたいと思ったのである。

彼女の闘病生活につきあいながら、私は次第に深く彼女の作品を理解するようになっていった。いち早く第一詩集『黄金の秋』跋文で吉原幸子氏が「正直な書き手」と題して、その〈〝事実〟の重みへの賛嘆〉を記したが、まことに桃谷さんは、〈正直な書き手〉であったことを、私は自分の不明と共に理解するようになっている。

後妻に入った桃谷さんの母親は、牧師として活躍しながら先妻の子供四人を育てられた。分けへだてなく育てられたのであろうが、幼い桃谷容子はお手伝いさんに任せられることが多く、決定的に欠けていたのは母親としての盲目の愛情ではなかったかと思われる。

母親は外ではいつも先生と呼ばれ、尊敬される正義の人であった。〈バッハのト短調フーガが裏庭に流れている／それは母がこの屋敷のどこかに居るというしるしだった／しかし母が呼んでくれないかぎり／私はその場所に行くことができなかった〉（「廃園　I」）

母に対する愛情と憎しみ。たえず正しい人であったゆえに、桃谷さんの母親に対するアンヴィバレンツな感情は一種悲劇の相貌をおびるようになった。彼女は作品の至るところで、この母親を尊敬し、後妻に入った母親の苦労に同情し、同時に母親の胸にまっすぐととびこむことのできなかった幼年の悲しみを繰り返し書いている。大人になっても桃谷容子は、この母親を肯定する他なく、母親を責める自分を処罰する他なかったのだ。それがどんなに無意識裡に彼女を苦しめたことだろう。病床にあって桃谷さんは〈お母ちゃん、助けて、お母さん、お母さん〉と叫んだことがある。意識の混濁が深くなると〈お母ちゃん、助けて、お母ちゃん、お母ちゃん〉という弱い叫びに変わっていったが、〈お母ちゃん〉は、幼年時代の彼女の呼び方であったそうだ。彼女は病床にあって、幼年時代からの深く重い叫びを声にしていたのかも知れない。

桃谷容子には盲目的な献身と愛情、厚意と親しみが必要であった。そのことによる人生との和解が必要であった。アリゼの同人と数は少ないが大学時代の友人との面会を求めるようになって、彼女の魂は次第になごんでいったように思われる。

主治医からすべなしと宣告された七月半ばに、私はヒーリングの先生を東京から招いた。その人は奈良県宇陀郡の御杖村の古い桃谷君の知友の家から三十五日間病院に通い、ヒーリングをして下さった。その人の治療はその時期の桃谷君の希望であった。退院後は、御杖村の空気と水のよいその家で療養し、ヒーリングをしてもらって全快することが、彼女の心の支えになっていた。知友の彫刻家の御夫婦の善意にも彼女はどんなに喜んだことだろう。

桃谷容子は闘病生活中、多くの人々の愛情と善意に包まれたと思う。恩返しをしなければという彼女の願いのあったことも、どうか心だけは受けとってやってもらいたい。

〈わたし生きられるかしら〉

〈さわやかな風やねえ〉

〈午後の紅茶ちょうだい〉

〈楽しかったね〉

そんな故人の言葉が、なおもなつかしく響いてくる。

私たちは、詩を魂の真に深いところで欲した才能あるきわめてユニークな詩人を失った。なんとしても若すぎる。生還してもう一度詩を書いてほしかった。この人の可能性を思うとき私は人生の不条理を思わずにはおられない。桃谷君、これからも君の作品を読みつづけるよ。「天国の風」や「夏の旅」を読むと私はいつも泣いてしまう。この人にしか書けない名作だと思う。

桃谷君、ぼくは悲しくて混乱している。どうかそちらで、窓を開けて、天国の風をいっぱい入れてほしい。御両親のもとで、〈あの幸福だった夏の日々〉が〈再び〉君に戻ってきていることを信じたい。桃谷君、立派な闘病生活を見せてくれて有難う。心から感謝します。

（91号／2002・10）

追悼・小池一郎

今夏の八月十六日（二〇〇三年）に、アリゼ創刊同人のひとりだった小池一郎氏が亡くなった。急性心不全。満八十二歳である。

氏は、今次大戦のサイパンからの帰還兵として、戦争の悲惨と戦友への鎮魂歌を痛切、胸に迫る筆致で記した詩集『ながれまど』（詩学社・一九八六年）を上梓し、かつ親鸞の教えに深く傾倒して、最近は益々宗教詩人としての境地を切り開きつつあった。

氏の今世における最後の様子は、奥様から頂戴したお手紙によると次のようである。

〈八月十六日、夜九時半頃「愚者のうた」（絶筆・筆者注）を最後まで書き終えまして、安らかにお浄土へ参らせて頂きました。「愚者のうた」（コピー一通）文字が滲んでいるところは大きい鼾と共に、机に倒れ伏せました為ぼやけております〉とある。

絶筆の草稿は、なるほど所々滲みがあって読みとれないが、仏の〈愛の声〉を聴きとることに心を傾けつつ、眠るがごとく逝ったことには、この人のこの世を大きく支配したと思われる〈仏縁〉、ふしぎな運命のちからというものを感じる。

おろか者はうたう…／無常の世は愚者にかえりて／極楽に生（以下、かな文字二、三字分不明）／救いの呼び声が聞こえてこそ／摂取不捨の慈悲につつまれる／迷いの闇から愛の光は輝かない／愛の声は聞こえてこそ　この身にそそがる

（絶筆「愚者のうた」一部）

人間は、罪悪深重の愚者であることを自覚し、その救いがたい自己を認識するところから、仏の〈愛の声〉〈救いの呼び声〉が聞こえてくる秘蹟を願った詩句であるようだ。親鸞の教えに親しみ、「英文歎異抄を読む会」の主宰者でもあった詩人の絶筆として、この作品の思想は、首尾符号する。招き寄せたのか、招き寄せられたのか、小池一郎という人間には、何かたえず大きな力が働いていたと思う。

宗教者に共通することがらなのか、昨年召天した故桃谷容子も、自分を支配する、どう

にもならぬ人力を越えた力について書き記したことがあったが、氏の方は仏教者として、ふしぎな運命を生きるべく定められていたという気がする。今号の冒頭に掲載した氏の遺稿「レイテの花嫁」や「愛欲の広海に沈没し」などにその一端を垣間見ることができる。
「レイテの花嫁」は、結婚式を明日に控えて〈独立四七サイパン司令部へ転属命令があった〉予備士官学校の友人から、代りに行ってくれと頼まれ、氏はサイパンに行って生還するが、後日その友人は〈レイテ司令部に派遣されて〉戦死する、人智の及ばぬ運命を分けたドラマを描いた傑作である。

〈友は二十一歳の青春でいとしい花嫁(つま)と生れた愛(いと)し
子を残した／一人子(ひとりご)を抱いて誰に育ちゆくさまを見
せればよいのだろうか／《お前と結婚してよかった
との最後の便(たよ)りがせめての慰めです》と友の妻は声
をつまらせて涙を拭いた〉

氏は、別の詩篇においても、この友人との最後の場面をくりかえし描いている。ベートーベンが好きであったのみならず、「歎異抄」も読む好ましいインテリ青年であったようだ。

〈歎異抄に出会ったのは／友はレイテへ　私がサイパンへ征(い)く別れの朝／折からの秋風に舞い散る燃ゆるばかりの／いちょうの大木の黄葉に／友は溢れる涙をぐいぐいと拳(こぶし)で拭いながら／将校外套(マント)を左右に翻し大事な《歎異抄》を二つに裂いて一つを私に渡した〉

（歎異抄㈠・アリゼ57号）

氏はアリゼ創刊号から一度の欠稿もなく作品を発表されたが、どの作品もきわめてドラマ性に富んでいた。右の詩篇に登場する二つに裂いて渡された戦友のかたみの〈歎異抄〉が、氏の敗戦後の生き方に強い影響を与えたことを考えると、小池一郎氏は、仏縁の人、何か大きな力の支配に導かれた人という他ない。氏の戦後は、この〈力〉に導かれて、戦死した戦友たちのありし日の姿を思い起こし、その無念を思って慟哭し、鎮魂のウタ即ち念仏を捧げることで埋められたのである。

〈我が抱く腕に妻を呼び此の手を握りながら果てた
戦友Sよ／我が肩の上に母を呼びつつ息絶えた戦友
Tよ／鉄帽を捨て手榴弾をはずして生きようと発狂
した戦友Fよ／病棟で不意に日本刀を抜いて暴れま
わり狂死した戦友Nよ／／老いたわが夢に逢う戦友
達は／皆若く征(ゆ)きし日の軍服を身にまとってほほえ
みながら／私に　もの言いたげな眼差(まなざ)しは何を訴え
るのだろう〉

（「青春を語れば悲しい戦場しかない」一部）

慟哭と鎮魂の書『ながれまど』は、出版の前後に、これまたふしぎな運命が交錯した。詩集草稿を同僚の高校の教師が、知人の画家十三世狩野永琳に見せたところ、永琳氏もまた戦場体験があり、深く感動して詩集の表紙画を書き、その対価を受けとらなかったのである。永琳氏もまたこの詩集に触発され、一枚の絵に託して、亡き戦友への鎮魂を果たしたかったにちがいない。

京狩野は十二世まで世襲制であったが、十二世永暉は、弟子のなかから継承者を選んでいる。実は十三世永琳氏は、私の故郷大阪南河内郡の太子町（旧磯長村）の人であって、私の近所の菓子屋の長男であった。私と小池一郎氏は、大阪の某予備校の講師仲間として知り合ったが、この奇縁にひどく驚いたことがあった。

それからもうひとつ、詩集『ながれまど』は満州皇帝愛新覚羅溥儀の弟（であったと思う）の目にとまって、中国語で翻訳し、初版五万部を発行したい由の申し出があったことも――種々の理由で結果として実現しなかったが書き記しておくべきだろう。

氏は詩集『ながれまど』のあと、〈歎異抄〉を思想的背景としながら、人間の救済と祈りをテーマに、魂の洗われるような美しい詩をいくつも書いている。絶唱というべき作品「雨だれの前奏曲」を紹介する。

真夜中に雨の音
そっと戸をあけ障子をひらく
雲は月に傘をかぶせ星座を隠して真暗闇（まっくらやみ）

金色にきらめく仏様が裸足で歩いておられる
誰にも気付かれないように
大地を踏みしめ歩いておられる
木々の葉をそよがせ草花をうるほし
田や畑や森や林を抜け川を渡り山を越え
両手を合わせて歩いておられる

…

十方衆生のために
罪悪深重の凡夫(ぼんぷ)をあわれんで
仏様は歩いておられる

（アリゼ68号）

真夜中の雨音に仏様の〈歩いておられる〉姿を想像するこの作品は、小池一郎氏の晩年に到達した深い境地であるといってよい。

〈蟬の声　虫の声　蛙の声／月は天にのぼり清風は

谷をくだる／山は山でよし　水は水でよし〉（アリゼ96号「久しく沈める悲しみに」）

〈父がいた　母がいた　そして／父には両親がいた
母にも両親がいた／十代までさかのぼれば千二十四
人の父と母がいた／二十代までには百万人を越す両
親がいた／遠い無量の見えないいのちを受け継いで
生かされてきた〉
（アリゼ74号「見えないいのち」）

戦争の〈修羅〉を背負って戦後を生きた小池一郎氏は右のような麗しいポエジーを残して旅立った。八月十六日。これまた氏の命日にふさわしく、運命の大きな力が働いたとしか云いようがない。合掌。

（97号／２００３・12）

追悼・角田清文

角田さんまで、なにをそんなに慌ててと思うけれど逝ってしまった。冒頭詩五編を読むだけでもわかるが、こんなきわだってユニークな方法論のもとに詩を書く人は、空前絶後で誰もいない。〈私詩〉を一切書かなかった人なので、私生活上のことを詳しく知ろうとは思わない。角田清文という詩人を偲ぶには、作品を読むにかぎる。そう思って、雑事に埋もれた中からなんとか一日を工夫し、アリゼに寄稿してもらった作品から読み始めた。

寄稿は創刊号から始まっていて、昨年の夏の97号まで、なんと七十篇近くあることには驚かされた。同人である私の執筆よりはるかに多い。改めて角田さんが、創刊以来アリゼに愛情を寄せて下さっていたと思って、眼がしらを熱くした。実は少し涙もこぼれた。96号が「神細部に宿り給う」であったことも、角田清文という詩人のこだわりをよく現している。

角田さんは〈細部〉や〈はじっこ〉が大好きであった。そして〈論理〉も。論理の抒情を最も愛したといってよい。最後の詩集『抱女而死』の「論理の叙情」冒頭は「現代記号論では、〈しかし〉とか〈けれども〉というようなワイセツで、いいわけがましい接続の仕方はない。あるのは、ただ〈そして〉だけだ。…」で始まっていて、「I loved him, but he didn't love me.」の〈but〉の汚れを指摘し、「I loved him, and he didn't love me.」〈and〉の明晰性から立ちのぼる叙情を肯定する。そこには〈宗教的澄明感〉すらあるという。失恋をはじめとする、わが身にふりかかる事件を、運命として、自然として、諦めとして受け入れていく〈そして〉の女。角田さんの美学はそういう〈薄倖の女への偏愛〉にみちていた。角田さんはテキストの表層の言葉と戯れることを方法とした結果、方法の水際立った面白さに引きかえ、描かれた女性はみな見事な紋切り型であった。紋切り型でなければならなかった。角田さんは方法に殉じた類例のない詩人であったと思う。

（102号／2004・8）

ありがとう、湯川さん——湯川成一氏追悼

特装本の制作では、日本有数の装丁家、湯川書房の湯川成一氏の訃報は、七月十一日、創文社の延命氏から掛かってきた電話で知った。その日は、出講日で午後の授業の始まる前であったと思う。覚悟はしていたものの、七十一歳では、いかにも早すぎるという思いが拭えない。辻邦生、小川国夫、塚本邦雄氏等三クニさんの特装限定本をはじめとする、息をのむばかりに美しいあの工芸品というか芸術作品の技法は、これで永久に途絶えてしまったのである。

私が湯川さんの本に魅了されたのは、二十代の頃、梅田の某百貨店の書籍売場で、塚本邦雄氏の『茴香變』を見たのが最初であった。見開き左側、上質の紙に活版印刷で短歌一首、右側に妖しい男色趣味の絵が配置されていて、紙質に調和した活字の美しさと云い、毒のある優雅な絵画といい、私はうっとりと見入ってしまって、装丁というものが、この

とき初めて美術品であることを理解したのであった。

湯川さんは昨年の十二月に胆のう癌の手術をされ、肝臓も半分除去されたと聞いた。その後は、自宅で療養され、仕事も再開されていたが、五月半ばになって、アリゼの業務は創文社が引き継ぐよしの葉書連絡を受けた。その後半に書かれていた四行の文章に、私は胸がつまった。折角大手術をしたのに、〈五ケ月で早くも転移してしまい、今度は治療の方法もなく一巻の終わりといった処で、また入院しています。色々お世話になって、以倉さん、ありがとう。〉とあったからだ。

六月はじめ、京大病院を見舞ったとき、氏は散髪に行かれていて、病室は空であった。待つこと小一時間。数年ぶりに見た湯川さんは、その分だけ年を取り、少しほっそりされた印象はあったが、思っていたより、お元気そうにみえた。

私は、予定していた新詩集が、もう湯川さんの手になることがなくなった無念さを述べ、特装本を含めて、五冊の詩集を世に送りだしてもらった礼を述べた。アリゼも創刊号から二十一年間、お世話になりっぱなしである。同人の詩集もほとんどは湯川さんに手掛けてもらった。そんな話をしていると、このまま座してその日を待つのは嫌ですねん。詩集を作らせてもらいたいと云われたのである。

予想外のことで驚いたが、私は、その言葉に、心の深いところで共鳴を覚え、ぜひやってもらおう、やってもらわなければいけないと思ったのだった。しかし氏は、重い病気である。それで、制作が、力になるのであればよし、体に差し支えが生じるようなら、遠慮なく、中断してもらうことを条件に、お願いすることにしたのだった。氏は、おっしゃっている意味は、よくわかりますと云い、本の体裁の段取りさえつけば、あとは長年のパートナーである創文社に任せるつもりだと云われた。私は差し出された湯川さんの手を固く握りしめて別れた。〈じゃ、また〉。また会えるという気持と最後かもしれないという気持が切なく混在していた気がする。氏も同じ思いであったろう。湯川さんと握手することなど、これまで一度もなかったのである。

六月八日、原稿を持参し、念のため、京都駅で湯川書房に電話を入れると、氏は、思いがけなくも電話口にでられ、今日は長く事務所にいないので、自宅に郵送してほしいということであった。九日、原稿を受け取った、これから取り掛かる由の電話があり、十七日には、体調が悪くなったという断りの電話が、いずれも留守電に入っていた。心配でたまらず電話を入れると、湯川さんの声は、さすがに弱々しく、体調の急変を告げていた。「フィリップ・マーロウの拳銃」という新詩集については、題名も内容も気に入って、あれこれ考えが浮かぶけれども、現状では、いかんともしがたい。保留にしてもらいたい、ということであった。

湯川さんと話をしたのは、それが最後であった。留守電の声は、消さないで残してある。永久に保存するつもりである。これが最後の仕事になるとおっしゃって、詩集制作に取り掛かろうとされた湯川さんに、私は、自分の最後もまたこのようでありたい、できないことかも知れないが、宿題として持ち続けたいと思った。

グラフック・デザイナーの渡辺かをる氏が、某雑誌に、大好きな四人の手仕事派の日本人を紹介している。〈何故か人望が厚い。好きな事をやっているだけなのに。そして、皆、我がまま、この上なく、自分の気に入らない仕事は一億円つまれてもＮＯと云うだろう。自分のスタイルは、何十年もくずさない。無用の匠気もなく、…常に自分のギリギリの言葉でしゃべり、身振りの大きい言葉などを嫌う…そして四人とも、どういう訳か、奥様がみなすばらしい。〉湯川さんにも当てはまる適評だと思った。名人気質というものは共通したところがあるのだろう。〈自分で気に入った本の大きさから始まって、一頁一頁の字組から紙選び、書体選び、奥付の意匠、もちろん表紙や裏表紙の布選び、皮選びに至るまで〉一つ一つ自分でやり遂げねば真の装丁家とは云えない。日本の文化は、室町江戸期を通して、好事家の文化であり、湯川さんの限定本は、日本文化そのものではないかと、前記、渡辺氏は述べている。京の雅びも江戸前の粋も、東洋、西洋の美の精髄も、まばゆいばかりに加川邦章の本には存在した。

加川邦章とは、湯川さんの雅号である。加藤周一、小川国夫、辻邦生、寿岳文章から一字ずつ貰ったと聞いている。装丁賞を、氏は、受賞されていたそうだが、そんなことはおくびにも出されなかった。

私たちアリゼの仲間は、こういう湯川さんに、何かと注文をつけ、甘えてばかりいた気がする。洒落っ気のある氏は、かえってそれを面白がっておられた風がある。旅立たれたあと、京都、神楽岡のご自宅を訪ねた。坂の上にある閑静な家の仏間から、緑の植え込みの向うに、なんと大文字が目の前に見えるのには驚かされた。比叡山に連なる京の山々が見渡されるのであった。風光絶佳の地で、上品で美しい夫人の思い出話を聞きながら、あらためて氏の趣味の良さ、生活のよろしさを感じた。毎年、湯川さんはご自宅で大文字を見て過ごされたそうである。夫人がおっしゃる通り、氏の魂魄は、還ってくるのだという気がする。じゃあ、また、湯川さん。

（126号／2008・8）

追悼・大野新

四月四日（二〇一〇年）の午前十時頃のことだった。前日に三好達治賞の受賞式が終わって、雑務から解放された私は、大野さんのことが気になっていたので、三月初め車で病院に案内して下さった竹内正企さんに電話を入れた。

竹内さんも気にされていたようで、車で直接病室を覗いてみるとおっしゃった。それからしばらくして電話が鳴ったので出てみると、容態が大変悪い、肩で激しく息をしている状態だと沈痛な声が電話口から聞こえてきた。

訃報が届いたのは、その午後であった。とうとう大野さんが、亡くなられたのだ。有難う、大野さんずいぶんお世話になりました。それから、気を紛らわすように、あちこち電話を入れた。その間、最後に見た大野さんの顔が絶えず浮かんできた。

一カ月前病室でお会いした大野さんは、すでに口から食べものが入らず、点滴を受けておられた。奥様が二人の来訪を告げられ、言葉を催促されたけれども、言葉を発することなく、もう我々の識別が出来ていないように思われた。

痩せてはいるが骨格のあるくぼんで陰影の生じた顔は、西洋の哲人のようで―ご尊父の入院のことを描いた作品の〈北欧ででもみかけそうな漁師のはて〉という言葉の顔のようにも思い出されるのであったが、黒い眼が異様に大きく感じられ、こちらに視線が向けられたときは、一瞬ぎょっとして立ちすくむ思いがしたのであった。往年のあの鋭い批評眼と重なったからであろう。死線を彷徨って結核病棟から生還した氏の、内臓の感覚に発するが如きリアリズム。生と死の言いようのない暗さに決して目を背けることなく、現実を凝視した、あの鋭い、リアルそのものの眼光を思い出したからである。言葉を発しないが、こちらの軟弱を見透かされているようで、久しぶりに大野新という詩人の凄みを感じた。

同人誌「ノッポとチビ」から育って、現在東京で活躍中の詩人は多い。私が『地球の水辺』でH氏賞を受賞した時、詩集の配列をやってくれた大野さんの詩祭出席の連絡を聞いて、清水哲男、清水昶、正津勉といった詩人たちが、面会に訪れた。ホテルの部屋で、大野さんを囲んでの京都時代の昔話に花が咲いたが、拝聴していて、ふと気がついたことがあった。錚々たる詩人たちが楽しそうに座談に興じているのであったが、ときに自然と居住まいをただすようなところが時々見えるのである。これこそ往年の大野新の批評が、いかに鋭く、怖かったかという口々の述懐の何よりの証拠であると思った。

大野さんは、一九八六年に創刊したアリゼの合評会に欠かすことなく出席して下さった。アリゼに女性詩人が多いこともあってか、その頃は微笑を絶やすことなく、的確で、鋭いものを穏やかな言い回しのなかに包み込むような批評をされていた。どの同人も今度こそいいものを書こう、大野さんに褒められようという大野マジックに罹っていたと思う。アリゼの創刊同人たちは、安西均氏や嵯峨信之氏や角田清文氏等の強力な磁場の中にいながら、直接的には大野新氏の批評を頼りに同人活動を続けていたのであった。

大野新氏は六冊の詩集（『現代詩文庫』等を含む）を残した。どの詩集も氏が背負った体験——敗戦時の韓国からの引揚者として、肺結核病棟からの生還者として、いずれも過酷な生の条件を宿命として背負った〈私性〉に基づく作品である。〈私性〉の詩は、やたら興に任せて量産できる性質のものではない。言葉の垂れ流しのように次々詩集を量産する人がいるが、果たして後世に何篇の詩が残るのだろう。私は長い間、大野新の作品と向き合うことが怖かった。それほどに彼の詩は、人間の生理と現実を徹底して凝視する態度に貫かれていた。その現実認識の、逃げることのできない真実に私は今もって充分に向き合うことが出来ていると云えないのである。

人は父と母の二親から生まれ、結婚の有無にかかわらず、家族を経験して、死ぬ。その間に、諸事を体験するにしても、私たちの人生は、その生存条件から決して自由ではありえない。そこから目を逸らすか、逸らさないか、そこから詩は分かれる。大野新の作品の強みは、この根本的な生存のあり方から成り立つ人生という怪物を凝視し続けたという点にある。大野さんは決して逃げなかった。まことに強い人であったと思う。

阪神・淡路大震災の前であったか、最初の脳梗塞で入院し、その後、回復された大野さんは、読売新聞の詩評欄を私に託された。それまで頭髪を染めておられたそうだが、〈急速に老いることにした〉とおっしゃって、合評会には白髪のままで出席された。なにか期するところがあったに違いない。

同人の桃谷容子が亡くなった二〇〇二年の九月、その時も大野さんは二回目の脳梗塞で、自宅療養中であったが、弔電を依頼したことがある。大野さんは打電先をメモしようとされたが、うまく書き取れないご様子であった。私はその時、はじめて兄貴分の大野新にたいする悲しみが全身を貫くのを感じた。

その後、車椅子の大野さんに一度だけお会いしたことがある。三年前の近江詩人会の詩祭で、奥様の京子さんが付き添っておられた。あの時のご夫妻の会話は、大野新を理解する上で、私には忘れることができない。明るいことこの上ない奥様は、世話の焼ける病人について、縷々述べられたあげく、でもね、もう一度生まれ変わっても、お父さんと結婚してあげるとおっしゃった。すると車椅子の大野さんが照れくさそうに微笑みながら、謹んでおことわり申し上げます、と答えたので、周囲のものは爆笑したことがあった。なんという仲のよさであろう。奥様によると、結婚して一度も声を荒げたことがない、優しい人であったそうだ。

私は「休日の一日」のような作品を読むとほっとする。おそらく大野さんは、奥様の京子さんに支えられ、血縁に支えられて、過酷な現実生活への生還を果たされたのに違いない。通夜に参列されたご親族は、駆けつけた詩人の数ほどに多かった。大野新は、死線を越え、逆縁の悲しみも背負われた。しかし、類縁を大切にし、詩人として、市井の丈夫として、尊敬に値する見事な人生を完結したのである。

（137号／2010・6）

吉崎さんの美学

アリゼの最年長で、創刊同人であった吉崎みち江さんが四月二十日（二〇一六年）、九十三歳で亡くなられた。吉崎さんは、三井葉子、杉山平一、安西均氏等錚々たる詩人にその詩風を愛され、「アリゼ」の中心同人として、同人の敬愛を一身に集めて活躍された。創刊当時、詩誌の校正、発送は、すべて吉崎みち江さん等、同人有志の共同作業であった。贈呈者名簿の宛名は、手書きでなければならぬという故人の考えで、長くそうしていた。頑固で、律儀で、口下手で、奥床しく、優しい人であった。娘が小さかった頃、色紙や手作りの毬のおもちゃ等を頂いたこともある。

詩誌の財政を気にされ、毎号二十数冊も購入されて、黙ってアリゼを支えて下さった恩人でもあった。数年前、彼女の友人から詩誌のバックナンバーの揃った重い荷物が届けられ、驚いたことがあった。高齢になったので、吉崎さんの厚意を無駄にしないために、アリゼの代表である私に、全冊お返ししておきますという丁寧なお手紙も添えて。いかにも吉崎さんの友人らしいと思ったものだ。

私は吉崎さんとの電話は、いつも少々緊張した。むだ話や脱線はまずありえないので、用件だけで、心も通うように話さなければならない。電話口の吉崎さんは、飾りのない話し方で、時に口ごもったり、黙ったり、言葉少なになったりされるのであるが、そこに本心が隠されていると思えた。その言動は、安西均先生も絶賛された吉崎さんの美学そのものであった。以倉さん、お手間でなかったら、旅先に、アリゼを届けておいてね、先生と合評会をしますから。と笑みを浮かべて、実は、恐いことをおっしゃっている気がする。

（173号／2016・6）

伊藤桂一氏を偲ぶ

旧年の十月二十九日、伊藤桂一氏が九十九歳で亡くなられた。私の敬愛する先輩詩人であった安西均、嵯峨信之両氏に続いて、とうとう伊藤桂一氏まで、旅立たれた。

娘を亡くした時、私は錯乱していたのだろう、氏に尋ねたことがある。戦死者が、奇跡的に家族の前に姿を現すことがないのだろうかと。氏は、極めて穏やかに、残念ながら、そういうことはないのだ、それはもう仕方のないことなのだと言われたことがあった。同じ思いを共有したことがあるような口調であった。

氏は、代表作の一つ『静かなノモンハン』について、死者の魂の見えざる力を、絶えず感じながら執筆したとお書きになってもいたのだった。その後の私は、死者の執念は、生者を動かすという、折口信夫『死者の書』の思想を、信じるようになっている。氏は、戦記文学は、宗教文学でもあると書かれている。死者がこの世にもどってくることはないが、霊魂は、生者の内面空間に住まうことは、間違いのない真実である。祈りを通して、死者と生者の絆は、より強く、より深くなるのだと思う。

我が国において、戦場を経験した、戦中派世代、最後の文人は、伊藤桂一氏をおいてない。温厚篤実で、懐の深い、中国風に言えば大人であった。天命という言葉を使ってさまになる文人は、同じ戦中派世代の故井上靖と故司馬遼太郎氏ぐらいではなかろうか。現代詩は、まだなお言語派の全盛期だが、私はそのような詩に一切興味がない。文は人なりである。伊藤氏から頂いた最後の本は、『若き世代に語る日中戦争』（文春新書）であった。これほど日中戦争の真実を語った本は、もう二度と出ないだろう。

（176号／2016・12）

IV

「アリゼ」の歩み

＊1号〜49号

一九八七年

9月　アリゼ創刊。合評会に嵯峨信之、大野新、斎藤直巳氏等招聘（於ガーデンパレス）。同人は、以倉紘平、小山しづ、小池一郎、田代久美子、服部恵美子、丸山創（松田静二）、松本昌子、丸山真由美、桃山容子、柳内やすこ、吉野高行、吉崎みち江、綿貫千波の十三名。川北泰彦は、名前のみの同人で終わる。

12月　以倉紘平第二詩集『日の門』（詩学社）第1回福田正夫賞受賞。

一九八八年

1月　アリゼ3号より上野山定由乗船。

3月　4号より飽浦敏、浅井美代子、中塚鞠子乗船。
5月　嵯峨信之氏5号合評会に招聘（於大谷美術館）。5号より田中健喜乗船。
7月　6号より小林尹夫、前田経子乗船。
10月　桃谷容子第一詩集『黄金の秋』（詩学社）上梓。

一九八九年

1月　吉崎みち江第二詩集『マッチ箱の茶箪笥』（花神社）上梓。アリゼ9号より賀陽亜希子乗船。
2月　服部恵美子第三詩集『未遂』（詩学社）上梓。
4月　吉野花見。詩学研究会主催の花の客に合流する。東南院に宿泊。以後二、三年花見の会あり、合流する。
5月　松本昌子第二詩集『浮遊あるいは隅っこ』（詩学社）上梓。
8月　柳内やすこ第一詩集『輪ゴム宇宙論』（詩学社）上梓。
9月22日　桃谷、吉崎、服部、松本、柳内同人等の「五冊の詩集を祝う会」（大阪上六・たかつガーデン）開催。東京方面から嵯峨信之、伊藤桂一、安西均、吉原幸子氏等。地元から杉山平一、井上俊夫、日高てる、安水稔和、大野新、青木はるみ氏等出席。充実した会になる。翌日は奈良に遊ぶ。
12月2日　桃谷容子『黄金の秋』第3回福田正夫賞授賞式。

一九九〇年
1月　アリゼ15号にて、吉野高行、小林尹夫下船。
3月　16号より喜尚晃子、今村清子乗船。
4月　柳内やすこ『輪ゴム宇宙論』第9回銀河詩手帖賞受賞。
7月　アリゼ18号より梓野陽子乗船。
9月　19号より林堂一乗船。19号合評会に安西均氏招聘。翌日奈良に遊ぶ。
11月18日　中塚鞠子『絵の題』出版記念会（於難波高島屋ローズルーム）。中塚の母胎である岸和田市図書館友の会主催で盛大に行われる。

一九九一年
3月　22号より相野優子乗船。
7月　24号より杜ふゆき乗船。
9月　25号合評会に嵯峨信之、安西均、栗原澪子氏参加。翌日桂離宮見学。安西氏は帰京。

10月　前田経子第一詩集『潮みち』（湯川書房）上梓。
12月　浅井美代子『旅の賦』（白地社）上梓。

一九九二年

4月　浅井美代子第一詩集『旅の賦』出版記念会。浅井の母胎である岸和田市図書館友の会主催で篤実に挙行される。
8月　相野優子第一詩集『夢の禁猟区』（詩学社）上梓。柳内やすこ第二詩集『プロミネンス』（詩学社）上梓。
9月　梓野陽子第二詩集『スリット』（紫陽社）上梓。
10月　以倉紘平第三詩集『地球の水辺』（湯川書房）上梓。
11月1日　前田、相野、梓野同人等の「三人の詩集を祝う会」。
12月　以倉紘平第四詩集『沙羅鎮魂』（湯川書房）上梓。

一九九三年

1月　33号より宮地智子乗船。
5月　35号より内広嘉子乗船。
6月　以倉紘平『地球の水辺』第43回H氏賞授賞式（於ダイヤモンドホテル）。賀陽亜希子『プチ鳥類図鑑』（白鳳社）上梓。
7月4日　以倉紘平H氏賞受賞記念会（於東洋ホテル）。嵯峨信之、杉山平一、安西均氏等129名出席。安西均氏最後の来阪となる。
10月16日　創刊同人だった小山しづ劇症肝炎で永眠。63歳。突然の訃報に驚く。
10月21日　丸山創第一詩集『死へのアプローチ』（詩学社）上梓。

一九九四年

1月　丸山創第二詩集『病い覚え書き』（詩人会議）上梓。39号にて喜尚晃子下船。
2月8日　旧年の9月より入院中の安西均氏永眠。74歳。10年ほど前、胃潰瘍の手術をされたと聞いていたが胃癌だったと知って愕然とする。知っていれば、口やかましく検診をすすめたのにと残念である。
16日　告別式（於東京千日谷会館）。無常身にしむ。
10月16日　小山しづ一周忌。遺稿詩集『雨上がり』（湯川書房）上梓。
11月　桃谷容子第二詩集『カラマーゾフの樹』（編集工房ノア）上梓。44号より長尾佳枝乗船。

一九九五年

1月17日　阪神地区に震度7の激震。死者六千。未曾有のことである。
6月　47号より山田祐子乗船。
8月　48号より山口容視子乗船。
9月16日　桃谷容子『カラマーゾフの樹』第2回神戸ナビール文学賞授賞式。
10月　49号より鈴木盛子乗船。
11月　丸山真由美第二詩集『螢の家』（湯川書房）。今村清子第一詩集『かもめ月』（湯川書房）上梓。
12月　京都南禅寺の鳥やすで、丸山、今村同人の記念会を兼ねた忘年会を内々でおこなう。

書くための居場所を確保する。ただそれだけの理由で、アリゼは八年間続いた。合評会だけを重視した気楽な詩誌だが、続くためには、吉崎みち江、丸山真由美、松本昌子、服部恵美子、上野山定由、柳内やすこ、前田経子、梓野陽子、今村清子、相野優子、内広嘉子等、編集同人の力が必要であった。

同人の数は、現在29名で、創刊当時実数は13名だったから倍以上になっている。創刊同人のうち、小池一郎、丸山創、故小山しづ以外は、詩誌「七月」（三井葉子主宰）の書き手だった。「七月」が解散になって、表現の場の継続を願う者が、他の同人誌に加えてもらうよりは、気楽に自分たちでやろうと結集したのが、出発である。

合評会重視、内輪のなれ合い批評を避けるため、大野新氏の〈友情〉を頼りにしてきた。氏の恩恵はははかり知れない。東京詩学の会の評者の一人である林堂一の参加をみたのも、合評会の充実には、大きな力となっている。

また、嵯峨信之、安西均、角田清文氏等には、繰り返し、合評と寄稿の恩恵に与った。その他、御寄稿を頂いたたくさんの詩人たちの御好意にも感謝しなければならない。

人生には、無常の嵐が吹き荒れているが、せめて生きている間は、乗船の〈縁〉を大切に、生命のかがやきを作品として残したい。

未知の歳月の大陸をめざして、私たちは、再び出帆する。


（50号／1996・1）

＊50号～100号

一九九六年

2月　アリゼ51号より岡山津山の山下春彦乗船。

4月　52号より、京都の汐見由比、神戸の西川邑子乗船。
4月13日、丸山真由美詩集『螢の家』、今村清子詩集『かもめ月』二冊の詩集の出版会記念会（於アウィーナ大阪）。出席者、杉山平一、安水稔和、大野新、日高てる、青木はるみ、木津川計氏等六十名。
6月　53号より、和歌山の上田清、神戸の豊崎美夜乗船。
8月　54号より、大阪の西雄真弓乗船。
11月20日　飽浦敏詩集『星昼間（ぷしぃぴろーま）』（湯川書房）上梓。
12月10日　山下春彦詩集『春の日はまひる』（土曜美術社出版販売）上梓。
12月20日　賀陽亜希子詩集『自動車教習』（湯川書房）上梓。

一九九七年

2月28日　丸山創詩集『インドの犬』（湯川書房）上梓。
3月11日　山下春彦急逝。85歳。肺炎。同人としてのつきあいは、一年余であったが、生の不思議と生への愛惜の念に満ちた作品の印象は忘れがたい。
4月　アリゼ58号、山下春彦追悼号。
5月11日　丸山創『インドの犬』、飽浦敏『星昼間』、賀陽亜希子『自動車教習』以上三冊の出版記念会（於アウィーナ大阪）。出席者、杉山平一、上林猷夫、安水稔和、大野新、片岡文雄、日高てる、藤野一雄、福田万里子、冨上芳秀、都田夏栄各氏等。

5月20日　中塚鞠子詩集『駱駝の園』（思潮社）上梓。

5月26日　創刊同人だった丸山創、永眠。73歳。骨髄異形成症候群という不治の病に倒れる。医学博士でもあった氏は病気の進行を誰よりもよく知っており、一年の生命と自覚し、自己の死生観を実践するように、一日、一日を大切に生きた。仕事を続け、会うべき人に会い、詩集をまとめた。真似のできない見事な生き方であった。

8月　アリゼ60号、丸山創追悼号。谷村義一乗船。

7月25日　同人の飽浦敏、『星昼間』第20回山之口貘賞授賞式（於琉球新報社）。１２０名を越す盛会。石垣島から見えた80歳を越す敏さんの御母堂を始め一族の方とお会いする。〈何か大きな力に引き合わされた感じで古里に感謝したい〉と言う本人の談話あり。

11月15日　林堂一詩集『ダゲスタン』（湯川書房）上梓。

11月23日　同人の中塚鞠子、第二詩集『駱駝の園』第8回富田砕花賞授賞式（於芦屋市民センター）。地球環境の変化と危機について〈詩人というのは社会より半歩先を感じとらなくてはいけない責任があるのではないか〉と言う本人の受賞の言葉あり。

12月28日　嵯峨信之氏逝去。95歳。永遠の人となる。アリゼ創刊以来深い関わりのあった故安西均氏、嵯峨信之両氏をアリゼは失った。生涯、思い出しては懐かしみたいと思う。

一九九八年

2月　アリゼ63号、4月　64号共に嵯峨信之氏追悼号。

5月16日　同人の林堂一第三詩集『ダゲスタン』出版記念会（於アウィーナ大阪）。出席者、杉山平一、安水稔和、大野新、日高てる、青木はるみ、朝比奈宣英、島田陽子、津坂治男、藤野一雄、直原弘道、福田万里子、松本衆司、東京から文倉隆子、栗原澪子、田中宏幸、帝塚山大学の河崎良二、大阪府立大学の田淵信也各氏等58名。

7月1日　綿貫千波第二詩集『蝸牛の家出』（湯川書房）上梓。

8月31日　宮地智子詩集『家族画』（詩学社）上梓。

10月25日　梓野陽子第二詩集『海の位置』（紫陽社）上梓。

一九九九年

5月8日　同人の宮地智子、第二詩集『家族画』第5回埼玉詩人賞授賞式（於埼玉芸術劇場小ホール）。〈しなやかな感性をとおった言葉と、明晰なウイットで、現代の市民社

会の日常をうたいあげている〉（選考委員秋谷豊氏評）

二〇〇〇年

6月25日　同人の梓野陽子、平成11年度、兵庫県芸術文化団体半どんの会文化賞の及川記念賞授賞式（於神戸ハーバーランド・ホテルニューオータニ）。〈柔軟な抒情と詩想、詩情豊かで繊細な情景は現代の新抒情詩を予測させる〉等、『海の位置』への推薦の言葉あり。

9月20日　今村清子第二詩集『ぴきこの草子』（湯川書房）上梓。

10月　79号より京大、微生物研究所の若きドクターで、詩人の伊藤公成乗船。

11月1日　吉崎みち江第三詩集『パナマ帽の下で』（湯川書房）上梓。

12月10日　以倉紘平、エッセイ集『朝霧に架かる橋』（編集工房ノア）上梓。

12月31日　以倉紘平第五詩集『プシュパ・ブリシュティ』（湯川書房）上梓。

二〇〇一年

4月30日　中塚鞠子詩集『セミクジラとタンポポ』（思潮社）上梓。

6月2日　以倉紘平『プシュパ・ブリシュティ』第19回現代詩人賞授賞式（於ダイヤモンドホテル）。

8月　84号北川清仁乗船。

二〇〇二年

2月　87号より小西たか子乗船。

2月5日　丸山真由美第三詩集『ぬすびとはぎ』上梓。

9月19日　創刊同人であった桃谷容子、腹膜癌で急逝。54歳。驚愕、痛恨、無常身にしむ。

10月1日　前田経子第二詩集『ねじ花抄』（湯川書房）上梓。アリゼ91号、桃谷容子追悼号。

11月10日　桃谷容子を偲ぶ会（於上六たかつガーデン）。

12月10日　柳内やすこ第三詩集『地上の生活』（土曜美術社出版販売）上梓。

二〇〇三年

2月　93号在間洋子乗船。94号山本幸子乗船。

3月　山本幸子自分史文学賞優秀賞受賞。95号より、池田辰彦、村上大介乗船。

7月20日　丸山真由美『ぬすびとはぎ』第10回ナビール文学賞奨励賞授賞式（於神戸ラッセホール）。〈すべてを言わずすべてを明かす、伏目がちの豊かな語法、さりげなく人

を魅する詩集である〉（安水稔和選考委員評）
8月16日　創刊同人だった小池一郎、急性心不全で永眠。84歳。戦場と敗戦後の日常の労苦に合掌。
9月14日　小池一郎を偲ぶ会、並びに桃谷容子遺稿詩集『野火は神に向って燃える』（編集工房ノア）の内輪の会。一周忌。
10月　アリゼ97号、小池一郎追悼号。
10月19日　綿貫千波第三詩集『春の準備』（湯川書房）上梓。
10月27日　山本幸子第三詩集『母を食べる』（編集工房ノア）上梓。
12月27日　角田清文氏永眠。73歳。（二カ月遅れてこの事実を知る）。悲しみ限りなし。
12月　以倉紘平『心と言葉』『夜学生』（共に編集工房ノア）上梓。
51号以降、嵯峨信之氏を始めとして、私たちは良き人を次々に見送らなければならなかった。これが人生の生地であると思うのでもはや驚きたくない。むしろその人との真の対話が始まると思って、次の航海を期す他ないと覚悟したい。

（100号／2004・4）

＊101号～150号

二〇〇四年

6月　アリゼ102号角田清文追悼号（二〇〇三年十二月二十七日永眠）。アリゼ創刊以来、角田清文氏から毎号といってよいほど作品の寄稿と出版の度同人の詩集評を頂戴した。アリゼの恩人の一人である。外部から鈴木漠、宮内憲夫、荒賀憲雄各氏等の懇切な追悼文と同人たちの思い出の文章を載せる。

同月　谷村義一詩集『奈良山越え』（湯川書房）上梓。

同月　池田辰彦詩集『楠の六月』（詩学社）上梓。

アリゼ104号（12月31日発行）より尾崎昭代、藤井優子乗船。

二〇〇五年

3月　尾崎昭代詩集『ねえ猫』（愛育社）上梓。

5月　飽浦敏詩集『にーぬふぁ星（ぶしぅ）　北極星』（沖縄タイムス社出版部）上梓。

7月　北川清仁詩集『途上の旅』（湯川書房）上梓。

10月　在間洋子詩集『船着場』（湯川書房）上梓。

二〇〇六年

1月　池田辰彦詩集『ナラバ騎士（ナイト）』（詩学社）上梓。

4月　大阪市主催三好達治賞設立（故桃谷容子の遺産に拠る）。選考委員は杉山平一、中村稔、新川和江、小説家の宮本輝の各氏。第1回受賞者は清水哲男『黄燐と投げ縄』（書肆山田）。

6月　中塚鞠子エッセイ集『庭木物語』（編集工房ノア）上梓。

9月17日　在間洋子詩集『船着場』（湯川書房）第13回神戸ナビール文学賞授賞式（於神戸ラッセホール）。東京から伊藤桂一ご夫妻ご出席。お祝の言葉を述べられる。ナビール文学賞は、今回で終了。関西の詩人を励まし続けた賞なので残念に思う。

9月　豊崎美夜詩集『チキンインザキチン』（湯川書房）上梓。

10月　山本幸子詩集『テルマ』（湯川書房）上梓。

二〇〇七年

アリゼ118号（4月30日発行）に、新川和江氏の「桃谷容子さんのこと」という文章が、日本近代文学館・館報216号より転載される。桃谷容子基金が、日本現代詩人会の現代詩人賞・先達詩人の顕彰、三好達治賞、小野十三郎賞、日本近代文学館成田分館建設等の事業に活かされていることについて〈桃谷容子さん、あなたの遺志は、あなたの孤独な魂の唯一の棲家であった文学の世界で、このように生きています。感謝をこめて、ご報告申し上げる。〉とある。感動する。

10月　小西たか子詩集『水甕』（湯川書房）上梓。

10月　中塚鞠子詩集『約束の地』（思潮社）上梓。

二〇〇八年

6月21日　小西たか子詩集『水甕』平成19年度、兵庫県芸術文化団体「半どんの会」文化賞及川記念・芸術奨励賞授賞式（於兵庫県民会館パルテホール）。

7月11日　日本有数の装丁家、湯川書房の湯川成一氏逝去。71歳。詩誌アリゼの装丁編集を始め同人の詩集出版でひとかたならぬお世話になった。湯川さんと出会わなければ、アリゼはなかったといっても過言ではない。アリゼ１２６号に追悼文。以倉紘平「ありがとう、湯川さん」掲載。

アリゼ１２８号（12月31日号）

（新）関西詩人協会賞（桃谷容子基金に拠る）受賞詩集冨上芳秀『アジアの青いアネモネ』（詩遊社）並びに新人賞受賞作品赤野貴子「やかん」の代表作掲載。ナビール文学賞を引き継ぐ賞として期待されたが、事情により第1回で終了。まことに残念に思う。
（なお現在の関西詩人協会賞とは全く無関係である）。

二〇〇九年

3月　北川清仁詩集『カムイトへの道』（創文社出版部）上梓。

7月4日　北川清仁詩集『カムイトへの道』「半どんの会」文化賞現代芸術賞授賞式（於兵庫県民会館パルテホール）。

8月　以倉紘平詩集『フィリップ・マーロウの拳銃』（沖積舎）上梓。

11月　尾崎昭代メルヘン集『風猫サラン』（愛育社）上梓。

二〇一〇年

2月25日　中山直子詩集『ヒュペリオンの丘』韓国第6回創造文芸文学賞授賞式（於ソウル・逸院ミルアル学校）。

4月4日　大野新氏逝去。82歳。アリゼ創刊以来毎回遠方の滋賀県守山市から大阪の合評会に出席。温かで鋭い批評をして下さった。その恩恵は計り知れない。アリゼ１３７号（6月31日発行）大野新追悼号。批評の恩恵に浴した同人全員の追悼文を掲載。

アリゼ１３９号（8月31日発行）より辻下和美乗船。

10月21日　以倉紘平詩集『フィリップ・マーロウの拳銃』第17回丸山薫賞授賞式（於豊橋市ホテルアソシア）。

二〇一一年

1月　中山直子詩選集『美しい夢』（韓国・創造文藝社）上梓。

3月27日　在間洋子作品「宴」第21回伊東静雄賞奨励賞授賞式（諫早観光ホテル）。

4月　林堂一詩集『昆虫記』（編集工房ノア）上梓。

6月　『大野新全詩集』砂子屋書房社主兼詩人の田村雅之氏の御尽力により出版。編集苗村吉昭、外村彰、監修以倉紘平。

11月26日　林堂一詩集『昆虫記』第10回現代ポイエーシス賞贈呈式（於中央大学駿河台記念館）。

二〇一二年

4月　『嵯峨信之全詩集』（思潮社）が、栗原澪子、池下和彦、林堂一、以倉紘平等〈詩学〉の仲間たちの協力により出版。

6月19日　『嵯峨信之全詩集』の出版を祝う会が、無辺の会（世話人池下和彦）主催で開催。以倉紘平「全集刊行に寄せて—嵯峨さんの形而上詩・人の名と何か」と題して講演（於日本出版クラブ）。

150号記念号より新潟から月岡一治氏、横浜からすずきいつお氏乗船。新クルーと共に200号を目指して出港準備。航海平穏なれと祈る。

（150号／2012・8）

*

あとがき

この散文集は、私の所属している詩誌「Les alizés」（アリゼ）に設けられている〈船便り〉というミニエッセイ欄に、自由気ままに書き続けた文章を、まとめたものである。

仏蘭西語で〈貿易風〉という意味を持つアリゼは、一九八七年九月の創刊で、今年二〇一七年の秋に181号を出した。

年六回の発行で、なんと三十年経ったことになる。赤ん坊が生まれて三十歳になる時間が過ぎたと思うと、感無量である。四十七歳から七十七歳の今日まで、人生の盛年期を、このアリゼ号と共に航海したことになる。

その間に、私は、巻末の追悼文に記したように七人の同人の詩人を亡くした。彼らの作品は、彼らの起伏の多い人生と共に、まことの詩そのものであったと思う。呼びかけると、今も懐かしい声と表情が返ってくるのである。

さらに、創刊号から、極めて親しくお付き合い頂いた、敬愛する先輩詩人たち、嵯峨信之、安西均、大野新、角田清文各氏らも、いつの間にか、次々未知の寄港地で下船、新しい世界へ旅立たれた。私にとって、人間がこの世にあることの謎は懐かしさと共に、深まるばかりである。

この散文集は、『気まぐれなペン』と題したが、実は詩作品と同じ情熱、同じ熱量を注いで書いたものである。厳しくもあった先輩詩人たちの目をたえず意識していたからに相違ない。

以倉紘平

二〇一七年　秋

以倉紘平（いくら・こうへい）略歴

1940年大阪府生まれ。
神戸大学文学部国文学科卒　大阪市立大学文学部国文科修士課程修了
大阪府立今宮工業高校定時制元教諭
近畿大学文芸学部元教授
詩集
『二月のテーブル』（1980年 かもめ社）
『日の門』（1986年 詩学社）第１回福田正夫賞受賞
『沙羅鎮魂』（1992年 湯川書房）
『地球の水辺』（1992年 湯川書房）第43回Ｈ氏賞受賞
『地球の水辺』（1993年 湯川書房）特装版定30部
　挿絵のペン画　望月通陽
『プシュパ・ブリシュティ』（2000年 湯川書房）第19回現代詩人賞受賞
『プシュパ・ブリシュティ』（2001年 湯川書房）特装限定20部
　　木口木版画　斎藤修
『フィリップ・マーロウの拳銃』（2009年 沖積舎）第17回丸山薫賞受賞
『駅に着くとサーラの木があった』選詩集（2017年 編集工房ノア）
エッセイ集
『朝霧に架かる橋』（2000年 編集工房ノア）
『心と言葉」（2003年 編集工房ノア）
『夜学生』（2003年 編集工房ノア）
共著・論文その他
『平家物語　研究と批評』（有精堂）
「平清盛試論―遅すぎた東国回帰」岩波書店　文学1980年10月号・他
『大野新全詩集』（砂子屋書房）『嵯峨信之全詩集』（思潮社）
『桃谷容子全詩集』（編集工房ノア）に関わる
詩誌『アリゼ』主宰　詩誌『歴程』同人

気まぐれなペン
――「アリゼ」船便り
二〇一八年七月一日発行
著　者　以倉紘平
発行者　涸沢純平
発行所　株式会社編集工房ノア
〒五三一―〇〇七一
大阪市北区中津三―一七―五
電話〇六（六三七三）三六四一
FAX〇六（六三七三）三六四二
振替〇〇九四〇―七―三〇六四五七
組版　株式会社四国写研
印刷製本　亜細亜印刷株式会社

ISBN978-4-89271-290-6

心と言葉

以倉　紘平

人生への感動がなければ、小説も詩も成り立たない。現実に対する深い関心、内発するものが、幻想を生み、幻想と結合する。魂・生命の詩論。二二〇〇円

夜学生

以倉　紘平

〈忘れえぬ〉夜学生の生のきらめき、真摯な生活者の手ざわり。熱いかかわりを通して書き留める、元夜学教師の人生の詩と真実の挽歌。一九〇〇円

朝霧に架かる橋

以倉　紘平

平家・蕪村・現代詩――平家物語に隠された真実のレクイエム。蕪村の闇と光。大坂の哀感と美学。愛惜の詩人たち。詩の核心と発見の橋。二二〇〇円

駅に着くと　サーラの木があった

以倉　紘平

乗物選詩集　未知なるもの、遠くへの憧れ、乗物は象徴としてどこか謎めいて、私のこころの深層に生き続けてきたのかも知れない。二二〇〇円

桃谷容子全詩集

享年54歳。関西の薔薇と呼ばれた華やかさとは対照に、孤独、信仰、愛憎、苛酷な運命を生きた魂の詩の根源。既刊3詩集、小説、エッセイ他。七〇〇〇円

沙漠の椅子

大野　新

一個の迷宮である詩人の内奥に分け入り、その生的痙攣と高揚を鋭くとらえる、天野忠、石原吉郎、黒田喜夫、粕谷栄市、清水昶論他。二〇〇〇円

表示は本体価格